Não é um rio

Selva Almada

Não é um rio

tradução
Samuel Titan Jr.

todavia

Para Grillo, por todos os anos

*Observa, amigo, o luxo das casuarinas nas margens.
Já são água.*

Arnaldo Calveyra

Enero Rey, em pé, firme em cima do bote, as pernas entreabertas, o corpo maciço, sem pelos, a barriga inchada, olha fixo para a superfície do rio, espera de revólver em punho. Tilo, o rapazinho, no mesmo bote, inclina-se para trás, o cabo da vara apoiado no quadril, girando a manivela do molinete, dando puxões na linha: um fio de brilho contra o sol que já vai esmorecendo. O Negro, cinquentão como Enero, metido no rio, ao lado do bote, com água até o saco, também se inclina para trás, a cara roxa de sol e de esforço, a vara arqueada, puxando e soltando a linha. A rodinha do molinete que gira, a respiração que parece de asmático. O rio quieto. Mexe, mexe. Puxa, puxa. Uma hora ela solta, uma hora ela cansa.

Depois de duas, três horas, exausto, já meio farto, Enero repete as ordens num murmúrio, como se estivesse rezando. Sente enjoo. Está empapado de vinho e calor. Levanta a cara, os olhinhos vermelhos se ofuscam, afundados no rosto em brasa, e vê tudo branco e perde o prumo e quer apertar a cabeça entre as mãos e deixa escapar um tiro.

Tilo, sem deixar de fazer o que está fazendo, torce a boca e grita.

Que é isso, sua besta!

Enero se recompõe.

Não é nada. Não para, não. Mexe, mexe. Puxa, puxa. Uma hora ela cansa.

Tá vindo! Tá subindo!

Enero se inclina sobre a borda do bote. Vê chegar o bicho. Um borrão sob a superfície do rio. Aponta e dispara. Um. Dois. Três balaços. O sangue sobe, aos borbotões, esmaecido. Enero volta a se levantar. Guarda a arma. Ajusta-a entre a cintura do calção e o próprio lombo.

Tilo, do bote, e o Negro, da água, levantam o bicho. Seguram pelas asas cinza da carne. Jogam para dentro.

Cuidado com o ferrão!

Diz Tilo.

Enero pega o canivete, separa o esporão do corpo, devolve--o para o fundo do rio. Enero apoia a bunda no banquinho do bote. Está com a cara suada e sente um zumbido na cabeça. Toma um pouco de água da garrafa. Está morna, ele bebe assim mesmo, goles longos, e joga o resto na moleira.

O Negro trepa para dentro do bote. A arraia ocupa tanto espaço que quase não há onde pôr o pé sem pisar nela. Calcula uns noventa, cem quilos.

O bicho era bravo!

Diz Enero, dando uma palmada na própria coxa e rindo. Os outros também riem.

Deu trabalho.

Diz o Negro.

Enero pega os remos e embica para o meio do rio e depois muda de rumo e continua remando, margeando a costa até onde armaram acampamento.

Saíram do lugarejo ao romper do dia, na caminhonete do Negro. Tilo no meio, cevando um mate. Enero com o braço apoiado na janela aberta. O Negro dirigindo. Viram como o sol ia se levantando devagarinho sobre o asfalto. Sentiram como o calor começava a espicaçar desde cedo. Escutaram o rádio. Enero mijou no acostamento. Num posto de serviço, compraram doces e pegaram mais água para o mate.

Estavam contentes de estar os três juntos. Fazia tempo que vinham combinando a viagem. Por uma coisa ou por outra, cancelaram várias vezes.

O Negro tinha comprado um bote novo e queria estrear.

Enquanto cruzavam rumo à ilha no bote novinho em folha, lembraram, como sempre, da primeira vez que trouxeram Tilo, pequenino assim, mal andava, o gurizinho, e tome tempestade, as barracas foram pelos ares, o guri, miúdo como era, terminou abrigado embaixo do bote emborcado no meio de umas árvores.

Acabou sobrando pro teu pai, quando voltamos.

Disse Enero.

Contaram de novo a história que Tilo sabe de cor. Eusebio tinha trazido o guri de contrabando, sem avisar nada a Diana Maciel. Estavam separados desde que Tilo era recém-nascido. Eusebio ficava com ele todos os fins de semana. Só que aí ela repara que tinha esquecido de pôr na sacola, junto com as mudas de roupa, um remédio que Tilo estava tomando. Diana passa pela casa e não tem ninguém. Um vizinho conta que foram para a ilha.

Para piorar, vem a tempestade que açoitou toda a região. Inclusive o lugarejo. Diana com o coração na boca.

Todo mundo ligou pra ela.

Disse Enero.

Diana Maciel mandou os três à puta que os pariu e eles não puderam chegar perto nem ver Tilo por várias semanas.

Quando chegam ao acampamento, descem a arraia e passam uma corda pelos buracos atrás dos olhos dela e a penduram numa árvore. Os três furos deixados pelas balas se perdem no lombo sarapintado. Não fosse pelas bordas mais claras, meio rosadinhas, passariam por mais um desenho do couro.

O mínimo que eu mereço é uma cervejinha.

Diz Enero.

Está sentado no chão, de costas para a árvore e a arraia. A cabeça parou de zumbir, mas mesmo assim ele sente um nó bem aqui.

Tilo vai e abre a caixa térmica e tira uma cerveja da água gelada, dentre os poucos gelos que flutuam. Abre-a com o isqueiro e a estende, para que seja ele, Enero Rey, a merecê--la, a dar o primeiro gole. A cerveja lhe cai na boca, pura espuma que lhe escapa entre os lábios, que lhe pinta uma grinalda branca no bigode pretíssimo. É como dar um gole de algodão. Só com o segundo vem o líquido frio, amargo.

O Negro e Tilo vão se sentar também, os três enfileirados, a cerveja de mão em mão.

Pena não ter uma máquina pra tirar uma foto da gente.

Diz o Negro.

Os três giram a cabeça para trás, para olhar o bicho.

Parece um lençol velho, estendido à sombra.

No meio da segunda garrafa, aparece uma romaria de guris, magros e negros como enguias, puro olho. Amontoam-se diante da arraia, cutucam-se, empurram-se.

Olha olha olha. Uau. Espia só que bicho!

Um deles pega um pedaço de pau e o enfia pelos furos das balas.

Pode parar!

Diz Enero, levantando-se de repente, enorme feito um urso. E os moleques saem em disparada, sumindo de novo no mato.

Já que está de pé, já que fez o esforço de se levantar, Enero aproveita para entrar no rio. A água vai lhe desanuviar a cabeça.

Nada.

Mergulha.

Boia.

O sol está começando a cair, sopra um ventinho que encrespa o rio.

De repente, escuta o barulho do motor que chega com as ondas. Salta para o lado, começa a nadar de volta à margem. A lancha passa, rente à água, abrindo-a como se fosse uma tela podre. No rastro da lancha, uma garota de biquíni vai esquiando. A embarcação dá uma guinada e a moça tomba n'água. De longe, Enero vê emergir a cabeça dela, seus cabelos compridos colados ao crânio.

Pensa no Afogado.

Na beira, o Negro e Tilo estão de pé, os braços cruzados sobre o peito, seguindo os movimentos da lancha.

Bando de barulhentos.

Diz o Negro.

Todo fim de semana é a mesma coisa. Espantam os peixes. Um dia desses era bom dar um susto neles.

Os três se viram e topam com o grupinho de homens. Não os ouviram chegar. A gente da ilha tem o passo leve.

Salve.

Diz o último que falou.

Os guris chegaram contando e a gente veio ver. Belo animal!

Os outros estão observando a arraia. Ficam ao lado dela, para medir a altura.

Meu nome é Aguirre, diz o único que fala, e estende a mão para cada um deles.

Enero Rey, diz Enero e se aproxima do grupo, distribuindo cumprimentos. O Negro e Tilo vão atrás, fazendo o mesmo.

Grande, né?

Diz Enero e lhe dá uns tapinhas no lombo, afastando rápido a mão, como se estivesse queimando.

Aguirre, inspecionando de perto os furos, fala.

Três tiros? Deram três tiros. Basta um.

Enero sorri, mostrando o buraco entre os dentes da frente.

Me empolguei.

Tem que tomar cuidado... com a empolgação.

Diz Aguirre.

Tilo, serve um vinhozinho aqui pros amigos.

Diz o Negro, intervindo.

O garoto dá uma corridinha até a margem, onde enterraram o garrafão para que continuasse fresco. Traz o vinho e enche até a borda um copo de metal.

Oferece o copo a Aguirre, que o levanta.

Saúde, ele diz e toma um gole e depois passa o copo para Enero. Fica um instante olhando a mão esquerda do outro, em que falta um dedo, mas não pergunta nada. Enero percebe, mas também não diz nada. Que fique na vontade.

Faz um tempinho, este cristão aqui pegou uma bem maior, bravateia Aguirre. Quanto tempo levou?

A tarde toda, responde o outro, olhando de lado.

E quantos tiros você deu?

Um só. Basta um.

É que o meu amigo aqui é meio sem jeito.

Diz o Negro e se ri.

Veio o povo todo da televisão, exclama o tal que da outra vez pescou uma arraia maior que esta. Passaram no jornal da noite, diz Aguirre. No outro sábado, isto aqui estava cheio de gente de Santa Fe e do Paraná. Pensaram que aqui dá arraia em penca. Como se fosse fácil assim. Vocês tiveram sorte.

Manha, diz Enero. Sorte e manha. Só com sorte não dá.

Aguirre tira um pacotinho de tabaco do bolso da camisa, que leva solta, aberta sobre o torso ossudo, sobre a pança inchada de vinho. Enrola num piscar de olhos. Acende. Pitando, dá uns passos até a margem e fica olhando para a água. Vira a cabeça e pergunta.

E vocês ficam até quando?

Dois. Três dias, diz o Negro. A ilha está uma beleza.

Está, está mesmo.

Diz Aguirre.

O Negro entra no mato. Camiseta pendurada no ombro, passo largo mas lento. Aqui, tudo na penumbra. Lá fora, o sol, uma bola de fogo que se apaga no rio. Há barulhinhos de pássaros, de bichos miúdos. Um sussurro de folhagem. Preás, fuinhas, viscachas se esgueiram entre os talos. Vai cauteloso, o Negro, com respeito, como se entrasse na igreja. Andar leve, de veado-catingueiro. Mesmo assim, acaba que pisa num galhinho fino, num monte de vagens de curupitã, e vem o estrondo. O som das vagens secas se amplifica entre os troncos de amieiro e tamboril, sobe, sai do círculo compacto do mato. Alerta sobre a presença do intruso.

Esse homem não é desse mato, e o mato sabe. Mas deixa. Que se meta, que fique o tempo que precisar para juntar lenha. Depois, o próprio mato vai cuspi-lo, os braços cheios de galhos, de volta para a margem.

Os olhos do Negro vão se acostumando, e ele distingue, mais adiante, um ninho de camoatim agarrado ao galho de uma árvore, feito uma cabeça pendurada pelos cabelos. O ar estremece, cheio de vespas.

Respira fundo e o peito se enche do cheiro de flores, mel e algum animalzinho morto. Tudo cheira doce.

Distraído, mete a pata num charco, e se ergue uma nuvem de mosquitos. Esvoaçam a seu redor. Guincham fininho junto a suas orelhas. Espicaçam-lhe as costas, os braços, o peito a descoberto. O Negro gira a camiseta, espanta os mosquitos. Veste-a antes que o comam vivo. Já vou, já vou, junto lenha e já vou. Diz em voz alta. Agarra uma braçada de galhos para começar o fogo. Dá de cabeça contra um galho grande que pende, ainda preso à árvore por uns fiapos. Larga o que vai levando. Puxa o galho com seu peso, termina de soltá-lo. A madeira rota ressoa como o raio que a partiu. O Negro se agacha de novo. Junta o que largou, mete embaixo do braço. Com a outra mão arrasta o galho, pesado. Sai. O céu está alaranjado, o ar, espesso, calorento. Sente um frio que lhe corre pelo lombo e lhe eriça os pelos da bunda. Vira a cabeça, olha por cima do ombro. Poderia jurar que o mato se fechou.

Tilo, de cócoras, desenreda um novelo de linha. Os dedos longos e finos movem-se, trançando o ar. O cigarro colado aos lábios, um olho fechado para escapar da fumaça. Enero olha para ele. Sentado no chão, com as pernas cruzadas feito um índio, Enero olha para ele. Se não soubesse que é Tilo, diria que Eusebio voltou à vida. Se não visse a própria pança vultosa, as mãos gordas, o toco do dedo, o pelo grisalho no peito, diria que Tilo é Eusebio que ainda não morreu. Que os três estão de novo pescando, como tantas vezes.

Lembra que, no primeiro verão que passaram os três juntos, ele começou a sonhar com o Afogado.

Conhecia o Negro desde sempre, mas Eusebio tinha se mudado para o bairro havia pouco. Entrou na escola naquele ano, depois das férias de julho. A família tinha vindo morar na casa da avó, depois que a velha morreu. Parece que estavam brigados com ela, por isso nunca vinham visitá-la.

Na quadra, a mudança não pegou bem. Uns diziam que o pai de Eusebio tinha estado preso e que a velha nunca o perdoara. Também diziam que a mãe de Eusebio recebia homens e vivia disso. Os três se encontravam assim que acordavam, quase sempre na casa de Enero, que era filho único. Tomavam leite e depois se perdiam por aí, às vezes só voltavam já de noitinha. Iam quase todo dia à represa. Gostavam de ficar deitados sob as árvores à beira d'água, com as linhas atadas aos dedos dos pés, esperando o puxão. Falavam, liam histórias em quadrinhos e folheavam as revistas com mulheres peladas e casos de polícia que Eusebio trazia de casa.

Tinham onze anos.

Naquela manhã, contou-lhes o sonho, mas não disse que havia acordado aos gritos nem que tinha mijado na cama. A cara do Afogado colada à sua, a carne molenga, cinzenta, as bochechas comidas pelos peixes, mostrando a fileira de molares. Enero agarrara o Afogado pelos cabelos, para tirá-lo de cima, e tinha ficado com um tufo de cabelos no punho.

O Negro riu.

Ô mentira boa.

Disse.

Eusebio, ao contrário, olhou interessado.

E quem era?

Disse.

Quem era quem, disse Enero.

Esse afogado aí.

Mas se ele já disse que estava todo podre: podia ser qualquer um!

Disse o Negro.

Enero fez que sim, como dizendo que era evidente. Eusebio franziu a testa e encolheu os ombros. Justo nessa hora, a linha que ele prendera ao dedão do pé deu um puxão e os três olharam fixo para a água turva, as três cabeças juntas, e não se falou mais do assunto pelo resto do dia.

Enero mexe o toco do dedo, a ponta rosa que sempre parece coberta por uma pele recém-nascida, que não caleja nunca. Mais fina que a pele do resto da mão. Como se estivesse brotando.

O dedo até parece que foi atrás de Eusebio. Poucas semanas depois de enterrar o amigo, o compadre, o irmão. Como se uma parte sua, real e concreta, tivesse que morrer também. Um dedo.

Coisa pouca.

Uma esmola.

Naquele dia, na hora da sesta, tinha inventado de limpar a pistola, mamado de vinho como estava. Bêbado e fulo com o merdinha do novo cabo, que não quisera dar uma carona na viatura até perto de casa.

Como se chamava?

Viatura não é lotação, tinha dito o bundão.

Como se chamava?

Durou pouco no lugarejo. Subiu rápido. Pediu transferência. A mulher não saía de casa.

Como se chamava?

Caiu de cara no piso de tijolos, embaixo do caramanchão. Antes, o cheiro de pólvora, a náusea, tudo dando voltas. Depois, as moscas verdes, a gosma entre os dedos, os quatro que sobraram. Durante, não sabe, não lembra. Depois, a voz da mãe. A voz saindo do quarto.

Tonio. Vem, Tonio, estou dizendo. Não se faça de rogado ou não te dou nada.

A voz gasta e adocicada. O risinho atrevido.

Nunca soube quem havia sido esse Tonio. Se tinha ido para a cama com a mãe antes do seu pai, depois ou durante.

Mas para Delia, naqueles últimos anos, ele não foi Enero, não foi seu filho, mas vários nomes ditos entre risadas: amantes, namorados, simpatias ou puras ilusões.

Recém-saído do mato, o Negro se detém para tomar ar. Vê os dois sentados, equidistantes. Tilo, um rapaz como eles já foram. Enero, um homem como ele, envelhecendo como ele. Em que momento deixaram de ser assim para ser assim? Olha para a beira-rio. Os bandos de mosquitos estremecem como miragens acima d'água. Com as últimas luzes do crepúsculo, ele os vê revolutear às dezenas sobre a cabeça inclinada de Tilo, tão absorto. Ele os vê também sobre o corpo de Enero. Está com o lombo enegrecido de mosquitos. Ele o vê levantar os braços parrudos, movê-los devagar, como a hélice de um ventilador, espantá-los com o movimento sem derramar uma gota de sangue. Alguma coisa nesse gesto emociona o Negro. Alguma coisa na imagem dos dois amigos, o rapaz e o homem. Sente que o fogo do entardecer lhe acaricia o peito, por dentro.

O Negro não se lembra da segunda vez que Enero sonhou com o Afogado. Não estava presente quando Enero contou, as irmãs tinham justamente ido atrás dele, para que fosse cortar o cabelo. Eles estavam tomando tererê no pátio, embaixo do caramanchão. Elas chamavam por ele da calçada, duas das cinco irmãs, todas iguais, os cabelos compridos, altas e magras como garças. As vozes iguais, nem ele sabia distinguir. Negrito. Negrito. Negrito.

Guincharam até que Delia saiu para pôr ordem.

Vai logo, vai, senão essas aí não me deixam ver a novela em paz.

Com Delia ele não brincava. Aquela mulher e suas próprias irmãs foram o mais próximo de uma mãe que ele chegou a ter.

A sua mesmo, morta numa sala de parto. O pai, domador de cavalos, sempre andando por aí. Ele, sozinho com as irmãs, que o tratavam feito uma boneca.

Então, quando ele foi embora e Delia terminou o cigarro e o jogou com um peteleco no meio das plantas e entrou em casa de novo, Enero disse a Eusebio que o Afogado tinha aparecido outra vez.

Enero estava nadando num riacho e de repente sentiu que alguma coisa o puxava para baixo. Deu umas braçadas e tratou de voltar à tona, mas aquilo que vinha lhe subindo pelas pernas feito madressilva era mais forte. Abriu os olhos na água viciada e o viu, agarrando-se a ele, puxando-o pelas patas, levando-o para o fundo. Lutou para se soltar. O Afogado continuou a envolvê-lo com aquele seu couro flácido, recobrindo-o feito um casulo. Enero despertou todo molhado de novo, como se tivesse mesmo acabado de sair do riacho do pesadelo. Dessa vez, não chamou a mãe nem mijou na cama. Ficou quieto um instante, respirando curtinho, e depois se deitou enrodilhado, olhando para a parede.

Eusebio serviu um último tererê, as pedras de gelo ressoaram na garrafa térmica.

Deve ser uma mensagem.

Disse.

Como assim uma mensagem.

Disse Enero.

Eusebio olhou para ele e pensou por um momento.

Temos que ir ver meu padrinho. Ele entende dessas coisas.

Disse.

A lenha arde, vai se convertendo em brasa.

Quando a brasa é suficiente, o Negro a esparrama embaixo da grelha. Em cima, acomoda a peça de carne. Umas linguiças também.

Enero e Tilo jogam baralho. *Culo sucio.* Jogo de guri. Quando Enero se dá mal, Tilo ri e zomba como se ainda fosse um gurizinho. Enero ri devagar e mexe a cabeça. Você vai ver, você vai ver. Vou te deixar com a bunda cheia de mato.

O Negro acende um cigarro e vai até a margem.

Foram os três à casa do padrinho de Eusebio. O Negro e Enero se revezaram nas bicicletas para levar Eusebio, um pouco para cada um. Atravessaram o lugarejo inteiro, era longe de casa, para um lado onde nunca tinham estado, mais pobre que o bairro em que tinham se criado e de onde quase nunca saíam. Ruas de terra, água parada junto às cercas, cachorros parrudos, deitados à sombra dos ranchos. Algum medo dava, essa história de andar por aí a essa hora do dia, quando tudo fecha e as pessoas vão fazer a sesta. Nem vivalma para fora de casa, com o calor que fazia.

Quando chegaram ao rancho do padrinho, já estava ali um povo apinhado embaixo de um toldo improvisado com um pedaço de lona. Mais mulheres que homens, e as mulheres com guris, abanando-se com pedaços de revistas.

São os clientes.

Disse Eusebio.

O padrinho era curandeiro e se chamava Gutiérrez.

Aguentem aqui um pouquinho.

Disse e avançou para um lado da casa.

As pessoas viram Eusebio passar e depois olharam para eles. Na dúvida, os dois ficaram afastados, embaixo de uma árvore em que encostaram as bicicletas. O Negro estava nervoso: as irmãs eram evangélicas e para elas tudo o que não era coisa de Deus era coisa do diabo. Um curandeiro, então, nem se fala. Se soubessem por onde ele andava, iam lhe dar uma coça daquelas. Enero também não estava nada tranquilo.

Para Delia, não havia coisas de Deus nem coisas do diabo, era tudo a mesma coisa: crenças de gente bruta. Podia ser, mas Enero de vez em quando pedia alguma coisa a Jesus e era atendido. Crer ou morrer.

Dois guris tinham se aproximado, e um deles pediu as bicicletas emprestadas.

Pra dar uma volta.

Disse.

Enero disse que não.

O guri segredou alguma coisa ao outro, e os dois se riram. Depois, soltou uma cusparada antes de dar as costas e voltar para onde estavam os adultos, esperando.

A carne começa a esquentar e a cheirar. A gordura das linguiças faz silvar as brasas. O Negro volta e senta-se ali perto. Vigia. Toma um gole de vinho.

À luz do lume, vê a arraia e fica surpreso. Como se esperasse não encontrá-la pendurada na árvore em que a deixaram faz algumas horas. Ri. Onde mais ela poderia estar? Volta a olhar para ela. Levanta-se e chega mais perto. Estuda o bicho. Encosta a mão. O couro está seco e retesado. A carne do animal está morna. Sente o cheiro. Tem cheiro de barro. De rio. Fecha os olhos e continua cheirando. Para lá desses cheiros começa um outro, que não lhe agrada.

Sai de perto, dá um passo atrás e volta a estudá-la. O que vão fazer com o bicho? Se a deixarem pendurada, o orvalho vai inchá-la e, para amanhã ao meio-dia, vão ter noventa quilos de carne podre pendurada da árvore.

A gargalhada de Enero, retumbante.

Eu falei, guri! Estava achando o quê, meu garoto! Enero é rei!

A risada de Tilo, mais tranquila, mais como a do pai.

O rei, claro! O rei do *culo sucio*!

Ei!

Diz o Negro.

Ei!

Repete.

Com o riso ainda no rosto, os amigos olham para ele.

O Negro aponta para o bicho, para o couro sarapintado, como se apontasse para um mapa.

O que a gente vai fazer com isso aqui?

Pergunta.

Ficaram horas esperando. Ser afilhado do curandeiro não rendia nenhuma vantagem. Eusebio foi e voltou várias vezes, trouxe sanduíches de mortadela que a madrinha lhe deu, trouxe água fresca recém-tirada do poço. Enero fez uma sestinha. O Negro teve vontade de fazer cocô e precisou ir atrás de um matinho. Numa dessas idas e vindas, quando já não havia quase ninguém, Eusebio voltou correndo e disse que se apressassem, que o padrinho ia recebê-los.

Entraram num cômodo apertado e cheirando a cera quente. Por toda parte havia velas vermelhas acesas. Junto a uma mesa, um homem alto e magro, sentado numa cadeira com braços, com outra cadeira desocupada ao lado. O homem era Gutiérrez. Tinha as pernas cruzadas feito uma mulher e fumava segurando o cigarro entre os dedos compridos e magros, como todo ele era. Também tinha as unhas compridas. Disse que se aproximassem. Enero avançou, mas o Negro ficou perto da porta.

Você é o Enero.

Disse o sujeito.

Enero disse que sim com a cabeça.

Quer dizer que andou sonhando com o Afogado.

Enero olhou para Eusebio, que respondeu por ele.

Umas duas vezes, padrinho.

Disse.

Venha, sente aí.

Disse Gutiérrez.

Enero obedeceu. O homem deixou o cigarro no cinzeiro e pôs as mãos em cima da mesa. Mexeu os dedos, indicando a Enero que estendesse as mãos, agarrou-as e fechou os olhos. Puxou Enero de leve, para mais perto. Enero sentiu um cheiro de vinho. Gutiérrez segurou-o por alguns instantes e depois soltou-o como se queimasse. Inclinou-se para trás na cadeira e voltou a fumar o cigarro. Tinha se formado uma cinza arqueada, como uma casca, que caiu com o movimento.

Às vezes, os sonhos são ecos do futuro.

Disse Gutiérrez.

Você vai sonhar com ele a vida toda, é melhor ir se acostumando.

Enero sentiu um frio na barriga e uma ânsia de vômito.

O curandeiro fez um gesto com o queixo, e Eusebio pegou no braço de Enero para que saíssem. O Negro, que estava perto da porta, foi o primeiro a abri-la. O curandeiro zombou dele.

E você, Negrinho, você está com verme, por isso é que está tão magro. Coma um dente de alho em jejum por uma semana.

O Negro olhou de esguelha para ele e saiu rápido. Eusebio e Enero saíram atrás.

Tilo gira o botão do radiozinho portátil.

Estática. Fritura. Um pastor evangélico. Fritura. A loteria. Propaganda. Estática. Uma canção tropical.

Deixa aí. Deixa aí.

Diz Enero e estende o braço para detê-lo. A mão desse mesmo braço faz um meneio suave, acompanha a cabeça. O sorriso na cara. A cara vai se iluminando com o sorriso.

Enero manobra o próprio corpo, levanta-o do chão, acomoda-o sobre as pernas, os pés descalços, gordos feito empanadas. O outro braço empurra o ar. Um puxa, o outro empurra. As cadeiras para a frente, para trás, para a frente, para trás, num suave vaivém. A cara se ergue para a noite estrelada. O sorriso boquiaberto. A lua ilumina o dente que lhe falta. Tilo entra na dança. Pega uma das mãos de Enero com a ponta dos dedos. As pernas magras de Tilo, de pássaro, de garça, se flexionam para a frente, para trás. Enero faz Tilo girar, puxa-o para si, enlaça-lhe a cintura. As pélvis se ajeitam, se acomodam ao vaivém. Para a frente, para trás. Agora os corpos colados empurram o ar. Puxam. Empurram. Enero canta. Levanta a cabeça e canta. Tilo se solta e dança a seu lado, enquanto Enero canta por cima da voz que sai do rádio. O Negro bate palmas. Tem um cigarro aceso entre os lábios. Traga e solta. Traga e solta. Com as mãos livres, bate palmas.

Enero leva o punho fechado até a boca. Canta como se tivesse um microfone na mão. Fecha os olhos. Apaixonado. Tilo dança. Agora só com uma perna adiante, movendo as cadeiras, girando devagarinho. Os braços mal se mexem. Enero se aproxima do Negro, que bate palmas, sentado no chão. O cantor se inclina, posiciona o punho entre sua boca e a do Negro. O Negro canta junto. Enero se levanta de novo, com a mão livre chama o Negro para subir ao palco. Tilo vem buscá-lo, saltitando, puxa-o pela mão, o Negro se levanta.

Dançam os três.

Tilo, atrevido, rouba o cigarro da boca do Negro e dá uma pitada.

Enero Rey desperta com a bexiga cheia. Dorme fora da barraca, no colchonete instalado embaixo das árvores, sob o céu estrelado. Levanta-se e se aproxima da margem. O jorro sai como uma bênção, vai dar contra a água. Enero levanta a cabeça, o bocejo abre sua boca. Tanta estrela assim dá tontura. A lua segue firme no centro da noite. Termina, sacode, guarda o peru dentro do calção. Boceja de novo. Dessa vez com um mugido. Não chega a ser um uivo. Mais para ovelha que para lobisomem, Enero.

Um verão como este. Faz vinte anos, um verão como este. A mesma ilha ou essa ao lado ou aquela mais adiante. Nas lembranças, a ilha é uma só, sem nome próprio nem coordenadas precisas. A ilha. Os três já homens. Não moleques, como Tilo agora. Homens beirando os trinta. Solteiros. Não iam se casar. Nenhum ia se casar. Pelo menos até esse dia, nenhum ia se casar. Para quê. Se tinham um ao outro. E, não bastasse, Enero tinha a mãe; o Negro, as irmãs que o criaram; Eusebio podia ter quem quisesse. Para que se enrabichar com uma, se podia ter todas. Então, aos trinta anos, os três sob o sol da beira-rio. Os miolos fervendo.

Tinham saído do baile às sete da manhã, meio mamados.

E se a gente fosse pescar?

Pois vamos.

Jogaram os três colchonetes na caminhonete do Negro. Barraca não, para quê, estava quente, são jovens e fortes, barraca para quê. As varas e o puçá. A caixinha de isopor. Dois garrafões de vinho. Uma frigideira para fritar o que fisgassem. Um punhado de analgésicos para dar uma limpada na cabeça que zumbe.

Deixaram as roupas de sair no banheiro de Enero, emboladas, largadas pelo chão. Enero arranjou uns calções e umas camisetas velhas. A mãe enxaguou a boca com o primeiro mate e depois foi atrás deles, com a garrafa embaixo do braço, preparando um pouquinho para que não fossem assim, com as tripas cheias de vinho.

Saindo do lugarejo, pararam no posto para comprar gelo e abastecer. O cheiro de gasolina revirou o estômago do Negro. Saiu correndo, atravessou o posto e vomitou na grama. O frentista riu.

Madrugaram! Vão pra ilha?

Isso, vamos.

Disse Enero, que ia ao volante. Eusebio roncava, a cabeça caída para trás, a boca toda aberta.

Tem peixe?

Parece que sim.

Disse Enero, dando de ombros.

Capaz então que no domingo eu dê um pulo lá.

O Negro voltou. A cabeça molhada, o cabelo meio comprido pingando.

Tudo bem?

Tudo.

Enero estendeu um braço para fora da janela e o frentista lhe apertou a mão com a palma aberta. Enero engatou a marcha. Arrancaram. Freou a seco.

O gelo!

A brisa do rio, enquanto faziam a travessia com o barqueiro, foi desanuviando os três. Iam calados. O velho falava sozinho. Porque não tinha dentes ou porque estava acostumado a falar sozinho, eles só entendiam uma frase solta, aqui e ali.

Naquela época, Enero sonhava o tempo todo com o Afogado. Talvez por isso ou pela bebedeira que não largava dele, ia olhando fixo para a água marrom. Como se esperasse ver passar rente ao costado do barco o crânio flácido. As mechas de cabelo podre, flutuando como raízes brancas.

Os três na deles. A voz do velho, rachada.

Depois do mergulho, os três redivivos, estirados à beira do rio, brilhando como peixes, o sol picando o lombo deles.

Fogo se apaga com fogo.

Disse Enero e se levantou.

Desenterrou do gelo um dos garrafões, abriu, serviu os copos de metal, guardou-o de novo entre os cubos.

Brindaram de pé.

Vou ter um filho.

Disse Eusebio.

Enero soltou uma gargalhada. Riu com a boca aberta, ainda cheia de dentes. O Negro acompanhou com uma risada nervosa. Eusebio sorriu e olhou para baixo.

É sério, porra. Estão rindo do quê.

Você, um filho. De quem.

Da Diana, de quem ia ser.

Olharam-se.

O Negro deu-lhe um abraço.

Enero tomou um gole grande e deu uns tapinhas nas costas de Eusebio. Um gesto a meio caminho entre parabéns e pêsames.

Um filho.

Murmurou.

Tornou a rir. Agora sim, contente. Ergueu o copo. O sol do meio-dia reluziu contra o metal. Brindaram de novo pelo filho de Eusebio.

O filho.

Os companheiros continuam dormindo. O lombo do bicho brilha com o reflexo da lua. Enero decide, pega a navalha e corta as cordas que o mantêm pendurado na árvore, faz força para jogá-lo por cima do ombro, acomoda o corpo morno e molenga contra o seu próprio. Franze o nariz. Já está começando a feder feio.

Caminha um pouco n'água até chegar ao bote. Joga-a para dentro. De novo a arraia ocupa muito espaço, todo o espaço da embarcação. Não quer pisar em cima. Sente asco só de pensar em se afundar nessa carne. Tenta ajeitá-la de novo, quase a dobra ao meio, abre espaço para si mesmo. Começa a remar rio adentro. Pesa, a desgraçada.

A mãe não. Nos últimos tempos, leve feito uma folha. O corpo, um feixe de chircas enrolado no trapo da camisola. Quando a via tão pequena em cima da cama, Enero pensava como um homem grandote como ele tinha saído de um corpinho assim. Às vezes falava disso e ela ria.

E desde quando você é filho meu. Não te levei dentro de mim, mas até queria.

Quando o joga pela borda, o bicho volta ao rio sem fazer ruído. Umas ondas se formam na superfície e é só. Volta para o lugar de onde veio.

O bote, mais leve, oscila suave.

A noite está imensa.

Enero remexe no bolso do calção e encontra o maço de cigarros com o isqueiro dentro. Puxa e enfia o dedo no maço para ver se sobrou algum. Encontra um, bem no canto. Acende. Pita. Olha a água. Continua quieta.

Sob o bote, o rio é mais negro que a noite.

Quando Eusebio sumiu, foram os mergulhadores que o encontraram. Naquele pedaço, o rio era denso feito piche. Não se vê nada embaixo d'água. Os sujeitos buscavam às cegas.

O Negro queria ajudar.

Enero queria ajudar.

O pessoal da ilha queria ajudar.

Mas não.

Aquilo era só para o pessoal especializado.

Vocês já não encontraram na hora.

Disse o prefeito.

Deixou flutuando no ar a reprovação ou a explicação ou as duas coisas. Agora é melhor deixar pra quem sabe e pode, queria dizer.

Mas não disse.

E Enero ficou com raiva.

Parecia que queriam pôr a culpa neles.

O que o prefeito achava que sabia, se nem os conhecia. Se nem conhecia Eusebio. Nem o Negro. Se não sabia como gostavam um do outro. Se não sabia que, se um fosse embora, levava uma parte de todos.

Esperaram horas na margem. Fumando. Esfregando os braços por cima da camisa. Não fazia frio. Era pura sensação, só isso.

Enero e o Negro olhavam fixo para o trabalho dos mergulhadores. Uns em cima, nos botes. Outros desaparecendo e aparecendo n'água feito tinta. Densa, escura. Feito tinta.

Os mergulhadores com roupas de borracha, com máscaras. Uns descendo, os outros segurando a corda que mantém unidos os de baixo e os de cima, no bote. Um deles com um rádio.

Os de roupa de borracha desaparecendo e aparecendo n'água. Densa, escura. Sem novidade.

Enero sentia um nó bem aqui.

Nunca mais se livraria desse nó. Dessa angústia. Ainda hoje ela o pega pelos pés. Pega agora mesmo, enquanto fuma sozinho.

No meio do rio.

No meio da noite.

Não achavam que voltariam a ver Aguirre. Mas aqui está ele, em pessoa, nesta manhã, enquanto eles tomam mate ao redor do fogo.

Aparece de repente, saindo do mato. Tilo é o primeiro a vê-lo, toma um susto. Faz um sinal com a cabeça. O Negro e Enero viram o corpo devagar.

Duas passadas e Aguirre está ali. Para, leva as mãos à cintura, o cigarro colado à boca. A cinza pende num arco, feito um bicho-de-cesto.

Bom dia.

Diz o Negro.

Aguirre olha para eles e olha para a árvore onde lembra que a arraia estava pendurada. Ontem mesmo.

Olha para a árvore.

Olha para eles.

Olha para a árvore.

Bom dia.

Responde sem muita gana.

Num movimento a que logo se vê que está acostumado, passa o cigarro de um canto da boca para o outro. A cinza cai. Um resto fica preso à camisa, avultada pela pança de Aguirre.

Tilo, que está cevando, oferece um mate.

Aguirre aceita.

Nunca se despreza um mate na ilha. Nem de um inimigo. Cospe o cigarro. Volta a olhar para a árvore. Olha para as árvores ao lado também, não confiando por completo na memória.

Enquanto toma o mate, faz um sinal com o queixo.

Fizeram o quê?

Exclama.

Eles se olham.

Enero dá de ombros.

Estava fedendo feio.

Diz, seco.

Aguirre devolve o mate. Estremece, inquieto no lugar. Volta a olhar para a árvore, olha para o rio. Fica olhando para o rio. Ninguém diz nada. Tilo, meio assustado, olha para Enero e para o Negro.

Aguirre enrola um cigarro. Passa a língua pela seda. Cospe um fiapo de tabaco.

Eu devia ter falado ontem.

Diz.

Enero se levanta.

Pois é, deviam ter falado se queriam ficar com ela.

Diz.

Aguirre continua olhando reto.

Enero nem se mexe. Está muito puto da vida. Dá pra ver. O outro, Aguirre, acende o cigarro.

Está tudo tão calado, tão quieto, que se ouve o crepitar do papel e do tabaco consumidos pela brasa.

Aguirre sorri.

Parece que vai dizer alguma coisa, mas não diz.

Em vez disso, pede.

Me vê outro mate, guri. Assim não vou embora no seco.

Depois de dois, três mates, Aguirre some no mato de onde saiu. Enero olha para o Negro e solta um silvo entre o buraco dos dentes. O Negro balança a cabeça.

Deixa.

Diz.

Essa gente é assim, não dá pra saber o que passa pela cabeça deles.

Se perguntarem, qualquer um no lugarejo lembra do acidente de Eusebio. A primeira notícia: sumiu alguém, parece, estão procurando. Depois, o susto: será que foi fulano ou sicrano, muita gente tinha ido pescar naquele fim de semana, era feriado, o verão começando, diziam que os peixes saltitavam no rio feito borboletas. O falatório cada vez mais firme: Eusebio Ponce. Eusebio, o da mecânica de motos. Ponce, o pai do filho da Diana Maciel. O alívio de algumas mulheres e familiares: ah, é o Eusebio, é parente de outras pessoas, não meu, é pai de outro filho, não dos meus. E logo as correntes de reza, mesmo assim, porque hoje não foi minha vez, mas a desgraça é de todos num lugarejo tão pequeno, todo mundo se conhece aqui. Delia e as irmãs do Negro desconsoladas. Eusebio era como um filho. Outro irmão. E se tivesse sido o filho, o irmão? E se o falatório está enganado, se estão falando do homem errado?

Vai que é Enero.

Vai que é o Negro.

O juízo de Delia já tinha começado a evaporar, mas naquele dia, naquelas horas todas até que encontraram o corpo, ela parecia ter recobrado uma lucidez completa. A senhora que cuidava dela quando Enero ia trabalhar ou pescar não tinha contado nada, mas de algum jeito a raposa velha ficou sabendo. Ela, que nunca acreditara em nada, mandou a senhora comprar velas no armazém, e acenderam o pacote inteiro. A senhora pegou um santinho de são Caetano que sempre trazia no porta-moedas, porque na casa não havia um único Cristo, nem cruz, nem nada.

Reza aí o que souber rezar, Delia mandou.

A senhora, que também não era tão devota, mas pelo menos sabia o pai-nosso e a ave-maria, começou a rezar. As duas sentadas à mesa da cozinha, o prato com as velas no meio, o santinho apoiado contra uma xícara. Delia imitava feito criança: entrelaçou as mãos e mexia os lábios como se orasse. A senhora olhou para ela de esguelha e sorriu.

Velha maluca, querendo enganar a Deus.

As irmãs do Negro ficaram sabendo porque uma delas foi ao centro comprar uns cortes de tecido para fazer uns vestidos. Foi na loja que comentaram.

Ei, você, não é o seu irmão que está sempre pescando.

Ela levou uma das mãos ao pescoço. Sentiu um sufoco, a respiração cortada, um nó na barriga. Deixou o dono da loja com as peças de tecido em cima do balcão, sem chegar a se decidir entre uma chita floreada e um crepe clarinho. Deixou o sujeito com o metro na mão, a tesoura esperando entre os rolos, com o bico aberto feito um beija-flor. Saiu correndo. O turco ficou olhando enquanto ela ia embora, puto por ser tão linguarudo: era só ter esperado um pouco, primeiro vendia e depois comentava.

Chegou em casa agitada e com as bochechas coradas.

As outras estavam tomando mate e folheavam umas revistas. A gêmea da que entrou se pôs de pé no mesmo instante. Quando uma se assustava, a outra também. Feito uma réplica à distância, esta também levou a mão ao pescoço, sentiu o sufoco, a respiração cortada, o nó na barriga. As outras três olharam para elas.

Mas diz logo, pelo amor de Cristo, o que foi!

Disse a mais velha de todas.

Saíram na hora atrás do pastor.

Era sábado, comecinho da tarde. O homem tinha acabado de acordar da sesta. A esposa olhou para elas com maus bofes. Não ia muito com a cara das irmãs, sempre metidas aqui no templo. Tão solteiras, tão vistosas. Por isso se plantou, de garrafa térmica e mate, ao lado do marido. Nem ofereceu para elas. O pastor escutou com a cabeça inclinada. Ela fez a bombinha ressoar duas vezes, e o marido olhou para ela, pedindo um pouco de respeito.

Vou trocar a erva.

Disse e foi embora.

O pastor pediu que se acalmassem.

O bom Senhor há de nos ajudar.

Disse.

Temos que ter confiança.

Enquanto o pastor ia lavar o rosto e pôr uma camisa, as moças abriram as cortinas do templo: a garagem da casa do pastor, com um palquinho feito com paletes, duas caixas de som, um púlpito e umas trinta cadeiras de plástico empilhadas. Abriram as cortinas e começaram a dispor as cadeiras.

Diana entrincheirou-se num dos quartos do hotel. Era a dona do único hotel do lugarejo, uma casona antiga, com vários quartos e banheiros compartilhados, em geral ocupados por caixeiros-viajantes. Não vinham turistas. Não havia nada para visitar.

Naquele fim de semana, Tilo tinha ido para o campo com a madrinha, Marisa Soria, a melhor amiga de Diana. Tinham vindo avisá-la.

O Eusebio sumiu lá pelo rio.

Disse.

Quando o homem foi embora, Diana pediu à empregada que assumisse tudo. Pegou dois maços de cigarro e se fechou no quarto que quase nunca alugava. Deixava reservado para ela, para quando queria estar sozinha ou para as raras vezes que dormia com alguém. Era o quarto que tinha a melhor vista: dava para uma parte do jardim, cheio de hibiscos vermelhos. Quando floresciam, era preciso fechar as persianas, porque tanta flor junta dava dor de cabeça. Jogou-se na cama, com o cinzeiro em cima da barriga. Ia ficar ali, esperando a notícia. Não a da morte de Eusebio, já sabia que estava morto, não havia esperança, tinha dito o homem. A notícia da aparição do corpo.

Antes de se enfiar no quarto, tinha ligado para Marisa Soria. Contou da situação e em seguida disse que não chorasse. Marisa era de choro frouxo. Tinha de estar inteira para cuidar de Tilo. Escutou-a fazer uns exercícios de respiração. Depois ouviu a voz já bem firme, dizendo que não se preocupasse, que Tilo podia ficar o tempo que fosse preciso.

Fazia dias que o curandeiro Gutiérrez, padrinho de Eusebio, estava inconsciente no hospital. Da mulher ninguém sabia por onde andava, e ele vivia sozinho. Uma das clientes foi encontrá-lo caído no alpendre do rancho, a bacia fraturada, desidratado. Internaram-no para que terminasse de morrer. Estava magro e consumido pelo vinho. Davam-lhe soro para que fosse partindo como em sonho.

Naquela noite, quando Eusebio sumiu no rio, o curandeiro abriu os olhos na penumbra do quarto do hospital. Ninguém se deu conta, porque os companheiros de quarto estavam dormindo e a enfermeira de plantão também. Gutiérrez abriu os olhos e viu o afilhado debatendo-se na água marrom e grudenta. Não o viu como era agora, homem-feito, mas como daquela vez em que foram consultá-lo com o amigo que sonhava com o Afogado. Um guri que tinha crescido num estirão e que já cheirava a cigarro.

Merda!

Disse Gutiérrez.

Como foi que eu não vi!

Depois fechou de novo os olhos e se deixou entorpecer pelo chapinhar dos braços do afilhado que iam se entregando ao rio, aos poucos.

Tilo pega os petrechos e vai-se embora. Passando um matinho, uma língua d'água serpenteia entre o capim e a espichadeira em flor. São dez da manhã, e o sol bate forte em suas costas nuas. Sempre que vem à ilha, sente saudades do pai. Vai ver que alguma coisa fica no lugar onde a gente morre. Há muitas fotos dos dois juntos, pescando. Ele o trazia sempre que vinha. Na última vez, por puro acaso, não veio junto. Era o aniversário de um dos filhos da madrinha e por isso ele tinha ido passar o fim de semana no campo. Passaram o dia mergulhando no tanque d'água. Marisa obrigou-os a sair quando o sol se pôs e todos batiam os dentes de frio. Ela estava estranha quando eles saíram d'água. Enquanto os outros se secavam e se trocavam sozinhos, inclusive o que fazia anos, ela o agarrou com a toalha, esfregou-o, beijou-lhe a cabeça. Ela foi ficando pegajosa e ele se retorceu de leve até conseguir escapar e correr até os outros, que brincavam de índio ao redor do fogo. O marido de Marisa tinha arrumado as brasas e posto umas linguiças na grelha. Naquela noite, ninguém disse nada. Comeram e dormiram cedo. No dia seguinte, assim que se levantaram, Marisa disse que iam voltar para o lugarejo. Todo mundo protestou, tinham planejado mais um dia de mergulhos e corridas pelo campo. Marisa cortou a conversa, como se estivesse irritada.

Tilo para no ponto em que o riacho se alarga. Engancha a minhoca e gira a linha no ar. Gosta desse instante em que o anzol e a isca se afundam, o buraquinho mínimo que se abre na superfície do rio, os círculos suaves.

Quando voltaram, a madrinha primeiro deixou toda a família em casa. Os filhos de Marisa, que eram como seus primos, insistiram para que ele ficasse. E ele queria, disse que sim, que afinal de contas tinha permissão para ficar fora até a noite. Mas ela disse que não, que ele tinha de voltar para a mãe. Tilo se juntou à lamúria dos primos.

Por favor, só um pouquinho, por que não pode.

Choramingaram em coro. Sempre dava certo, mas dessa vez não. De mau humor, Marisa virou-se para o marido, leve logo as crianças pra dentro, você. Mas para ele, Tilo, ela sorriu como se fosse outra pessoa, quer dizer, como se fosse a mesma de sempre, boa e doce como uma tia da escola.

Hoje você não pode ficar, meu bem, hoje você tem que ficar com a sua mãe.

E fez festa nos cabelos e nas bochechas de Tilo. Tinha os olhos brilhantes, e ele ficou com medo de vê-la assim. Não sabia o que estava acontecendo, nem podia imaginar, mas sentiu dor de barriga. Ficaram calados no caminho, ele olhando pela janela, a madrinha com a vista fixa no para-brisa. Quando chegaram ao hotel, ele desceu devagar, arrastando a mochila. A mãe estava parada junto à porta, de braços cruzados. Marisa desceu também, mesmo sem precisar. A mãe se agachou para lhe dar um beijo, estava de olhos vermelhos.

Entra que eu já vou.

Disse.

Ele entrou e se virou para olhar. A mãe e Marisa se abraçaram, e mesmo sem escutar nada, Tilo viu como as costas da mãe tremiam, como a outra não largava dela.

Ficou um branco na parte em que a mãe lhe conta que o pai está morto. Terá usado a palavra "morto" ou dito que ele foi para o céu? Terá dado detalhes ou dito que foi um acidente?

Tilo tinha seis anos. Estava terminando o primeiro ano, lia sem tropeçar, tinha uma letra grande, um tanto desleixada, era bom de contas.

Não se lembra dessa conversa com a mãe. Entre a cena de Marisa e da mãe se abraçando e a cena em que ele passa engatinhando entre as pernas que avançam, chegam, param um momento, recuam, enquanto ele se mete embaixo do caixão. Sem que ninguém repare nele, Tilo se deita de costas

no chão e olha para o fundo da caixa de madeira. Disseram-
-lhe que o pai está ali dentro. Tilo rasteja até que sua cabeça
fique mais ou menos à mesma altura de onde deve estar a cabeça do pai. Tinha perguntado por que não podia vê-lo, e a
mãe respondera que o pai já não estava ali. Não entendia: estava ou não estava? Se não, o que estavam fazendo ali, ao redor daquele caixão, se não havia nada dentro. Se não estava
ali, onde então? Os peixes tinham comido?

Entraram no cemitério atrás do caixão, levado pelo Negro,
Enero e uns parentes. Os primos logo se esparramaram para
brincar entre os túmulos. Não deixaram Tilo ir, obrigaram-no
a ficar com os adultos. A mãe lhe segurava a mão com tanta
força que até doía, teve de pedir que ela afrouxasse um pouco.

O buraco já estava pronto. Viu ou achou que viu umas
minhocas graúdas e rosadas assomando entre os torrões de
terra mexida. Uma beleza de isca.

Os homens do cemitério usaram umas cordas para baixar o
caixão. Quando tocou no fundo, os homens puxaram e tiraram
as cordas. De um dos lados, dois deles esperavam com as pás
cravadas em montes de terra. Um dos homens olhou para a mãe.

Senhora.

Disse.

A mãe inclinou-se, pôs um pouco de terra na mão de Tilo
e depois o empurrou de leve até a beira do buraco.

Joga.

Disse baixinho no ouvido dele.

Ele soltou a terra e então as outras pessoas também pegaram e jogaram punhados em cima do caixão. Quando ouviram os baques, os primos vieram correndo e, como todo
mundo já ia se retirando, começaram a chutar a terra para
dentro, dando gritos e empurrões. Tilo escapou da mãe e foi
se juntar a eles, morrendo de rir.

A linha repuxa entre seus dedos. Alguma coisa mordeu. É o momento do tirão, do tirãozinho, da alegria nervosa de um guri. Tilo manobra. Finca-se na terra barrenta da margem. Levanta o braço. Puxa. O peixe briga. Pela força, é de bom tamanho. Continua puxando. O peixe mordeu bem. Dá para sentir como ele se contorce na outra ponta da linha. Por fim, um puxão para fora d'água. O peixe cintila ao sol. Tilo sorri. Tinha que ser traíra, pra ser briguenta assim.

Diz.

A venda é um cubículo de um por um. Um freezer de baú separa a parte de fora da de dentro. Atrás, entrincheirado, o dono, um velho de cabelos grisalhos e poucos dentes. Olhos azul-celeste, sulcados por veias rubras. O cigarro que nunca lhe cai da boca."

Um toldo faz sombra entre a venda e a rua. Umas poucas mesas embaixo. À beira da rua, uma tábua presa aos mesmos dois postes que sustentam o toldo. Um balcão para a gente se encostar.

Enero pede várias garrafas de cerveja.

As mais geladas que tiver.

Diz.

O velho olha para ele, sobranceiro.

Como se eu vendesse cerveja quente.

Diz, levantando a voz. Misturando as palavras com a fumaça do cigarro que não lhe cai da boca.

Enero dá de ombros, feito criança que fez merda. Pede dois maços de cigarro também. E gelo.

Quando está a ponto de abrir o freezer para tirar as cervejas e o gelo, Enero refreia o velho.

Ainda não. Primeiro o rapaz aqui e eu vamos tomar uma cervejinha.

O velho abre de qualquer jeito, a contragosto, para tirar a cerveja.

O frio vai embora se eu ficar abrindo o tempo todo.
Diz.
Mas dessa vez diz para si mesmo.
Abre a garrafa. Tudo mal-ajambrado. Nem copo tem.
Enero pega os cigarros e a cerveja. Tilo espera apoiado
no balcão.
O sol do meio-dia castiga a rua de terra.
Sob o toldo, uns sujeitos do lugar jogam cartas e tomam
vinho.
Enero vem se apoiar no balcão também, olhando para a
calçada. As costas enormes, a bunda, as panturrilhas ficam
ao sol. A cabeça inclinada para dentro pega sombra. Só toma
sol quando Enero se inclina para trás, para beber no gargalo.
Tá boa.
Diz.
Semicerra os olhos. A garganta, por dentro, fresca feito
uma folha de aloé recém-cortada.
Tá boa.
Repete.
Passa a garrafa. Tilo bebe.
Só bebe.
Sem alarde.

Não se sabe de onde saem as garotas, mas de repente estão ali.
Chega primeiro o cheiro de capim verde que vem das cabeleiras compridas, recém-lavadas, ainda respingando água nas
pontas, as cabeleiras negras feito penas de chupim, roçando
a beira da bunda. Os dois as veem por trás, assim, saídas do
nada, comprando alguma coisa na venda. As duas encobrem
o velho, não dá para vê-lo nem ouvir o que está dizendo. Uma
delas ri e gira um pouco a cabeça. Eles veem seu perfil de viés.
Enero cutuca Tilo com o cotovelo, que encolhe os ombros
e dá mais um beijo na garrafa.

Por fim, as garotas se viram, e de frente são ainda mais lindas que de costas. Têm o rosto fresco e sem maquiagem. Não são iguais, apesar dos mesmos cabelos compridos. Uma é mais alta e a outra é mais peituda. Não são iguais, mas se parecem muito. Vestidas como qualquer garota da mesma idade. Shortinhos jeans, cortados à tesoura, sem bainha. As pernas assomam, bronzeadas, os pelinhos das coxas brilham como escamas. E aquele cheiro de capim recém-cortado que vem delas, das duas, do corpo inteiro.

As duas olham reto e sorriem para eles. Enero devolve o sorriso.

Bom dia.

Diz.

Não tem um cigarro pra gente, não.

Diz uma delas, assinalando o maço com a ponta do queixo.

Um, não.

Diz Enero.

Dois: um pra cada uma.

Elas riem e chegam perto. Pegam os cigarros, aproximam o rosto da mão de Enero, da chama azulada do isqueiro.

Não são daqui.

Diz a outra.

Não, a gente veio só pescar.

Diz Enero.

Pescar o quê, mesmo.

Diz a garota e ri.

Enero se engraça. Gosta das atrevidas. Estas são gurizinhas demais, devem ter o quê, quinze, dezesseis. Mas aqui na ilha as mulheres começam a vida antes que no lugarejo.

Enero solta uma gargalhada.

E um velho como eu vai pescar o quê! Não pegando um resfriado...

A mãe diz que trapo velho também serve.

Diz uma ou a outra ou as duas. Já não se sabe. Enero fica tonto de olhar para as duas, de tão lindas, feito uma miragem de verão.

Meu nome é Enero. Este aqui é o meu afilhado, Tilo.

E isso é nome.

Diz uma.

Devem ter tirado do almanaque.

Diz a outra.

E de novo o risinho.

Meu nome é Mariela e ela é a Luisina.

Por causa de uma avó, é nome de velha, já sei.

Diz a que se chama Luisina.

Mas todo mundo me chama de Lucy.

Eu até queria oferecer, mas o mão de vaca ali nem copo deu.

Diz Enero.

Não tem problema, a gente não tá bebendo.

Diz Mariela.

Ah, não.

Diz Enero.

Melhor não, vai que sobe à cabeça.

Diz Lucy.

Que mal vocês fariam.

Diz Enero.

Vai achando que não.

Diz Lucy, e alguma coisa se apaga dentro dela.

Vamos, Mariela, que a mãe tá esperando.

Mariela, por sua vez, não descola os olhos de Tilo.

Vai ter um baile hoje à noite, bem ali.

Diz e aponta para o fim da rua de terra.

Na pista.

Vamos, Mariela, vamos pra casa.

Venham, a gente vai se divertir.

Vamos, Mariela, a mãe tá esperando.

Já vou!

Mariela solta o braço que Lucy agarrou para levá-la. Dá uma piscadela para os dois.

Venham. Ouçam o que eu estou falando.

Dão meia-volta e começam a andar. Lucy torna a buscar o braço da outra e agora Mariela se deixa levar. Vão de braços dados, caminhando no mesmo ritmo.

Enero olha para as duas. Olhar não tira pedaço.

Um dos sujeitos que jogam baralho arranca-o da contemplação.

Cuidado com essas duas! Têm veneno na xana.

Diz, girando o corpo sem soltar as cartas.

Enero olha para ele ainda com o sorriso na boca.

O sujeito pisca um olho.

Deixa de ser tonto, amigo, não vê que já era! Já era!

Solta uma gargalhada e se volta para o jogo. Suas costas encurvadas confundem-se rapidamente com os demais.

Tilo cutuca Enero com o cotovelo e faz um sinal, perguntando o que o outro quis dizer.

Enero não responde e vira o resto da cerveja.

De repente, o ar ficou pesado.

Mal se afastam, Mariela aperta o braço da irmã.

Ai, acho que me apaixonei.

Diz e esfrega a ponta do nariz contra o ombro da outra.

Nem começa.

Diz Lucy.

Mas você viu que lindo.

Mariela suspira.

Continuam descendo pela rua de terra. A essa hora, o chão ferve. Mesmo assim, vão descalças. As unhas dos pés, pintadas de rosa furioso, parecem florzinhas de macachim.

Muito embora tenham um ano de diferença e Mariela seja a mais velha, Lucy sempre foi mais séria. A mãe diz que é porque a sua foi uma gravidez amarga. As coisas não andavam bem com o pai das duas, e afinal o sujeito a deixou para trás antes que ela parisse. Você acabou mamando toda a amargura que eu sentia, a mãe sempre diz.

Quando chegam em casa, a mãe está do lado de fora, queimando lixo. Tão concentrada que não as ouve abrir e fechar o portão. Lucy fica olhando um instante: a mãe está vestida com uma regata amarfanhada que era de Mariela e uma saia desbotada, os cabelos presos, meio encurvada. Assim, entre as nuvens de fumaça, parece ter envelhecido de uma hora para outra. Lucy sente uns ímpetos tremendos de ir abraçá-la por trás. Mas a mãe é arisca e não gosta de carinho. Discutiram na véspera, e ela disse: vão-se embora, suas putas!

O quarto está com as persianas abaixadas. Mariela se joga na cama e se abana com uma revista. Lucy deita-se na cama ao lado, uma perna estirada sobre os lençóis limpos, a outra pendendo para fora. Pelas frestas da persiana entra um pouco de fumaça, mas vão morrer de calor se fecharem tudo.

Quem sabe o ventilador funciona.

Diz Mariela.

Lucy levanta-se de má vontade e o liga. O aparelho faz um barulho rouco, mas as pás não se mexem.

Pega, bate com isto aqui.

Diz Mariela e joga uma régua.

Lucy empurra a hélice e parece que sim, mas não. Tenta várias vezes. Por fim se rende, desliga e volta para a cama.

Mariela larga a revista no chão e se deita de lado, um braço embaixo do rosto, a outra mão apoiada na almofada. Lucy olha para o teto, descobre um furo pequenino na chapa, por onde entra um pouco da luz de fora. Quando chover, vai entrar água.

Você acha que eles vão no baile?

Diz Mariela, toda entregue.

Lucy não responde.

Desde pequenas, têm o costume de se fechar no quarto e se jogar nas camas para conversar. A mãe se irrita: de dia, porque é coisa de vagabunda ficar deitada sem fazer nada na casa, sem trabalhar nem fazer a lição. De noite, porque o murmúrio e os risinhos não a deixam dormir tranquila. Diz que ficar acordada até a madrugada é coisa de puta.

A mãe me dá pena.

Diz Lucy.

Mariela se ergue sobre um cotovelo, apoia a face na palma da mão aberta.

Por?

Diz.

Não sei, uma sensação que me deu agorinha, quando a gente chegou.

Está zangada, já passa.

A gente vai ser assim também quando tiver filhas?

Mariela ri e se deita de costas.

Olha lá o que diz. Não me inventa de emprenhar, porque aí sim a mãe vem pra cima e você leva uma no rabo. Eu, na dúvida, lavo o parquinho todo dia, bem lavado.

Lucy ri também.

Você é uma besta.

Diz.

Siomara remexe no fogo com uma vara comprida, junta o lixo que as chamas não alcançaram. A vara pega fogo também, e Siomara bate com ela no chão para apagar. Apoia as duas mãos em cima da ponta e o queixo em cima dos dedos finos.

Está magra, descarnada. Quando fica nua, os peitos pendem como dois couros secos. Já foi carnuda e cheia de curvas, chamativa. Se não bonita, vistosa. Até não faz muito tempo, alguns homens ainda se viravam para trás, para espiá-la. Agora, quando passa, baixam a vista, desviam o olhar.

Sempre gostou de fogo. Quando era menina e brigava com a mãe ou discutia com o irmão, metia-se no mato e punha fogo. Ou, se estava muito brava, armava um fogo ali mesmo, no pátio do rancho da família. Atear fogo era seu jeito de pôr a raiva para fora, tirá-la do peito, como quem diz: olhem o tamanho da minha fúria, tomem juízo antes que ela chegue até vocês. E uma vez quase chegou.

Brigou com o pai porque alguém veio com a história de que a tinha visto trepando com um sujeito no galpão das lanchas. O velho, que andava sempre mamado, chegou e, sem dizer nem ai, tirou o cinto e começou a dar nela. Siomara estava fazendo a sesta, de modo que não entendeu nada. Fazia calor, estava só de calcinha e sutiã, nem teve tempo de se cobrir com o lençol, as fiveladas entravam direto na carne descoberta. Enquanto batia, o pai dizia: assim você aprende, sua perdida.

Quando finalmente o braço cansou, o pai soltou o cinto e caiu chapado, para curar a bebedeira na mesma cama em que ela continuava encolhida, tentando frear as cintadas com as mãos. Siomara levantou-se toda trêmula. À luz de fora, viu as marcas vermelhas nas pernas e nas nádegas. Puxou do varal uma bata da mãe, para se cobrir. Depois, juntou galhos secos e armou um fogo enorme, alto e brilhante. Armou perto do rancho, e as línguas de fogo imediatamente pegaram no teto de palha. Dentro da casa só estava o velho. Os irmãos estavam trabalhando, e a mãe tinha ido visitar uma parenta. Os vizinhos vieram correndo e abafaram as chamas.

Mas menina, que cabeça-oca, você quase causa uma desgraça! Disseram.

Tentavam consolá-la.

Nos últimos tempos, arma uma fogueira atrás da outra. Às vezes já não encontra nada para queimar e sai em busca de trastes velhos que as pessoas jogam fora e arrasta tudo até em casa, só para tacar fogo. Às vezes, se não está com ânimo de sair atrás do lixo alheio, queima algum móvel.

As vizinhas se queixam.

Cuidado, Siomara, não está vendo que eu acabei de pendurar a roupa, vai ficar tudo cheio de fumaça.

Dizem, sempre com respeito e um pouco de medo.

Ela nem responde.

Antes, ela também se preocupava com essas besteiras. A roupa sempre impecável. Lavava no tanque, esfregava a mesma peça duas ou três vezes com sabão em barra, várias enxaguadas, para secar ao sol ou, no verão, à sombra, assim o tecido não resseca. Atazanava as gurias, quando eram pequenas: não se sujem, e as meias brancas e os sapatinhos impecáveis. Como era mãe solteira, não queria que a criticassem por nada, as meninas sempre na risca, bem penteadas, com elásticos no cabelo. Para que ninguém tivesse nada para falar, nem dela nem das filhas. Que tola! O povo sempre acha alguma coisa para falar. E se não acha, inventa.

A tal que viram trepando no galpão das lanchas não era ela. Não é que não trepasse. Claro que trepava! Tinha quinze anos, e o sangue lhe fervia embaixo do couro. Mas essa que viram era sua amiga Marita.

Às vezes, Siomara quase diria que o fogo fala com ela. Não assim como se fala com uma pessoa, não com palavras. Mas há alguma coisa ali, no crepitar do fogo, o som mínimo das chamas, como se quase fosse possível ouvir o ar que vai se consumindo, alguma coisa, ali, que fala apenas com ela. Muito embora não o diga com palavras humanas, Siomara sabe que a está convidando. Como quem diz: venha, pode vir, venha. Como aqueles homens por quem se apaixonou, como o pai de suas filhas, como tantos outros. A cada nova vez, ela atendeu a esses convites. Por que não? Quem não quer ser levado em conta? A cada nova vez, ao fim e ao cabo, ela fugiu por uma janela qualquer, como quem foge de um incêndio. Venha, pode vir, venha.

Diz.

Ela se faz de desentendida. Ainda lhe resta alguma força para resistir. Mas por quanto mais tempo? Um dia, ela bem sabe, vai atender ao chamado do fogo.

Aguirre apoia a mão em seu ombro. Siomara vira a cabeça, saindo do transe das chamas. Sorri para ele, de longe, distante. Fazendo fogo de novo.

Diz Aguirre.

Uma bronca amena, dessas que se dão num menino ou num velho.

Tira a vara das mãos dela e a lança às chamas. Enrola um cigarro e o passa para ela. Siomara pita.

Já comeu?

Diz Aguirre.

Siomara procura a resposta com os olhos, em algum lugar. Ri.

Sabe que eu não me lembro.

Diz.

Vamos no César, estão preparando uns dourados.

Siomara nega com a cabeça, decidida.

Não posso! Tenho que esperar as gurias.

Aguirre olha para ela. Molha um dedo com saliva e limpa um pouco da fuligem no rosto dela.

Venha, vamos pra dentro, vamos pôr um macarrão pra ferver.

Diz.

A casa está meio caída. Aguirre tem a impressão de que cada vez há menos móveis. As paredes precisam de um trato, uma demão de pintura. A foto das duas gurias quando fizeram a primeira comunhão com dois laçarotes grandes nos cabelos, rindo, mostrando os dentes tortos, é o único enfeite em cima do aparador.

Siomara, ele e o resto dos irmãos terminaram de se criar nesta casa. Eles dois, que são os mais novos, ficaram morando com os pais quando os mais velhos ergueram seus próprios ranchos ou foram trabalhar na cidade. Um dia, ele também ergueu um rancho e foi embora. Siomara ficou morando com a mãe. Tinha as duas filhas pequeninas, e o marido sumira no mundo.

Aguirre anda pela casa enquanto Siomara cozinha. Dá com a porta entreaberta do quarto das sobrinhas. Fica parado um instante diante da fresta, sem se decidir a entrar. Não entra, mas empurra de leve e a porta cede, abre-se de par em par. As persianas da janela estão baixadas por causa do calor, mas o sol do meio-dia é tão forte que o quarto está iluminado do mesmo jeito. A irmã não tocou em nada. As duas caminhas perfeitamente feitas, o ventilador de pé, uns pôsteres de atores ou cantores colados na parede. Sobre uma cadeira, umas roupas enroladas, como de quem experimenta várias coisas diante do espelho e vai embora deixando tudo jogado.

Quase pronto.

Diz Siomara da cozinha. Aguirre fecha a porta e volta até a irmã, que está escorrendo o macarrão.

A mesa está posta para quatro.

Comem calados, o olho fixo na comida. Aguirre termina rápido. Siomara remexe no prato, de vez em quando pega um bocadinho, mastiga, engole como se tomasse um remédio amargo. Aguirre enrola um cigarro e acende.

Faz um pra mim.

Diz Siomara.

Come mais um pouquinho. Olha só como você está magra.

Siomara solta o garfo e dá um tapa na mesa.

Elas têm que estar em casa na hora de comer! Vão se foder!

Diz.

Levanta-se, pega a panela, sai para o pátio e joga o resto do macarrão. Começa a tirar a mesa.

Aguirre se levanta também. Encosta-se no batente da porta. Uns cachorros começaram a comer as sobras espalhadas pelo chão.

Sabe os caras que pescaram a arraia? Acredita que jogaram aquilo tudo fora?

Diz.

Mas a única resposta é a porta que Siomara bate com força quando se enfia no quarto.

Fica onde está. Basta atravessar a rua e já começa o mato. Aguirre conhece-o como a palma de sua mão. Como jamais conheceu uma pessoa. Melhor do que conhece o amigo César. Melhor do que conhece a irmã, que continua a ser um mistério. Melhor do que conheceu as sobrinhas, coitadinhas, não tiveram tempo. Conhece o mato melhor do que conhece a si mesmo.

Justo nessa hora um vento se mete pelas árvores, e tudo está tão calado, por conta da hora, que o rumor das folhas cresce como a respiração de um animal enorme. Escute só como respira. Um bufar. Os galhos se mexem como costelas, inflando-se e desinflando-se com o ar que se mete pelas entranhas.

Não são apenas árvores. Nem arbustos.

Não são apenas pássaros. Nem insetos.

O jacurutu não é um gato-do-mato, se bem que às vezes pareça.

Não são uns preás. É este preá.

Esta urutu.

Este caraguatá, único, com seu centro vermelho como o sangue de uma mulher.

Se espicha a vista, descendo a rua, chega a ver o rio. Um brilho que umedece os olhos. E de novo: não é um rio, é este rio. Aguirre passou mais tempo com ele que com qualquer pessoa.

Pois bem.

Quem lhes deu permissão?

Não era uma arraia. Era aquela arraia. Um bicho lindo, toda aberta no barro do fundo, devia estar brilhando branca feito uma noiva na profundidade sem luz. Rente ao limo ou planando com seus tules, magnólia das águas, procurando comida, perseguindo a transparência das lavas, as raízes esqueléticas. Os anzóis enganchados nas asas, os puxões ao longo da tarde inteira, até que se desse por vencida. Os tiros. Arrancada do rio só para ser devolvida depois.

Morta.

Mesmo já tendo comido, Aguirre se manda para a casa de César. Já devem ter comido também, mas vão prolongar a conversa até que seja hora de sair para jogar o espinel.

Deixou Siomara deitada na cama, vestida. Só os pés descalços. Ele se sentou por um momento na beira da cama, de costas para ela, até começar a ouvir a respiração de quem dorme. A mesma cama em que dormiram e morreram os pais. Primeiro o pai. Doente: merecido. Depois a mãe, que se foi no meio de um sonho, como os abençoados.

Não saiu logo. Enrolou um cigarro, fumou devagar na penumbra, no frescor do quarto. Lembrou das sestas quando ele e Siomara eram guris. As escapadas para o mato enquanto os pais dormiam. Para caçar passarinhos. Comer amoras.

Os outros irmãos se espalharam assim que cresceram. De vez em quando alguém dá notícias de algum deles. Gente metida, o que ele tem a ver com isso!? O que tem a ver com esses homens que hoje não reconheceria na rua? O que sabem dele, de Siomara? A mesma gente metida que há em toda parte dará notícias deles dois, quando cruzar com os outros. Os outros, os que foram seus irmãos, escutarão como ele escuta, mais por gentileza que por interesse. Da família, só sobraram eles dois. Quando os dois morrerem, não sobrará nenhum Aguirre na ilha. Quer dizer: no mundo.

Quando por fim sai da casa, o sol lhe machuca os olhos. As ruas de areia, vazias. Algum guri que corre para o mato, como ele quando pequeno, fugindo da sesta. A rolinha-picuí que canta e essa espécie de pontada na barriga que ele sente sempre que se detém para ouvir.

Como supunha, estão todos embaixo do caramanchão do rancho do César. Sem camisa, reluzentes de suor e gordura de peixe. Jogam baralho. Empurraram os restos de dourado para um canto da tábua sobre cavaletes que faz as vezes de mesa: em cima de uns papelões, as pelancas gordurosas, as cabeças inteiras, os olhos amarelos, abertos, reverberando a luz da sesta. A mesma luz dourada envolve todos, como se irradiasse das peles, das escamas chamuscadas. Dois peixes que foram imensos. Agora: espinhas peladas, cabeças boquiabertas, boquejando no seco, fora d'água, no interior desse verão mais imenso que eles. A mesma luz envolve os amigos, parecem estremecer como se fossem um espelhismo, espiam os naipes, espiam-se por cima dos leques de cartas, as pupilas vítreas, por conta do vinho e do calor. Também Aguirre penetra na luz, sob o caramanchão. Silencioso, sem se fazer notar.

Mas César parece que o fareja, nem tira os olhos das cartas, fala.

Ficamos te esperando pra comer.

Diz como se fosse sua esposa.

Fui ver minha irmã.

Diz Aguirre.

Como ela anda?

Diz César, sem desviar do jogo.

Vai indo.

Diz Aguirre.

Não pergunta por perguntar. Desde garoto, César sempre foi louco por Siomara. Ela quis com todo mundo, menos com ele. Por ser tão amigo do irmão, quem sabe. Quem sabe o que as mulheres pensam. Mas César não guardou rancor. Quando o marido a deixou, ele bem queria ter cuidado dela e das gurias. Mesmo agora, depois do que aconteceu com as filhas, louca assim como está, ele se juntaria, se ela quisesse. Não diz nada. Em vez disso, diz para um sujeito ao lado.

Vai lá dentro e traz pão.

Não tem.

Diz o tal.

Como é que você sabe, se não foi nem ver!

Diz César, dando um tapa na tábua com a mão livre, a que não segura as cartas.

Deixa, eu já comi.

Diz Aguirre.

É que esse fedelho me dá raiva.

Diz César.

O tal fedelho se ri.

Está rindo do quê! Eu limpava tua bunda quando você era pequeno.

Um outro joga uma carta e ganha o jogo.

César joga suas cartas também. Toma um gole de vinho.

Vem, puxa uma cadeira.

Diz e faz um gesto no ar.

Aguirre continua em pé.

Estou bem assim.

Diz.

Vai buscar mais vinho.

Diz César ao mesmo que tinha mandado buscar pão.

O rapaz se levanta, entra no rancho, volta com o garrafão.

Quando é pra buscar vinho, ele vai na hora.

Diz César.

Todo mundo faz festa.

Oferecem um copo para Aguirre, que bebe inclinando a cabeça para trás, de leve. Depois limpa a boca com o dorso da mão. Enrola um cigarro.

César se levanta e diz que não joga mais, que os outros continuem, se quiserem.

Zombam de César, porque não gosta de perder.

Mas César ignora. Enfia os polegares na borda do calção e o puxa para cima. Quando o solta, deixa o elástico chicotear contra a carne.

Quer entrar? Desses bestalhões aí você ganha de olhos fechados.

Diz.

Aguirre nega com a cabeça.

Em vez disso, diz.

Está sabendo dos sujeitos que pegaram a arraia.

Uma beleza.

Diz César, embora não a tenha visto, ouviu dizer.

Acredita que jogaram fora!

Todo mundo para de uma vez. O que estava embaralhando para de misturar as cartas. Os que estavam bebendo apoiam os copos na mesa. Todos olham para Aguirre.

Jogaram de volta no rio!

Diz Aguirre.

Filhos de uma putíssima!

Diz César.

Têm que levar uma lição.

Diz Aguirre.

Que lição?

Diz César.

Lucy abre os olhos. Está toda suada. Voltou a sonhar com o acidente. Pela goteira que descobriu ainda há pouco no teto entra a luz forte do sol. Sente o estalar da chapa quente. Na cama ao lado, Mariela continua dormindo. Está de boca entreaberta, dá para ver a ponta dos dentes de cima; os braços ao longo do corpo, a cabeça meio inclinada para a esquerda. A casa está em silêncio. Um pouco antes, teve a impressão de ouvir vozes e barulho de panelas na cozinha. Mas talvez tenha sonhado. A mãe nunca recebe visitas.

Senta-se na cama e olha para as unhas. Como cresceram rápido! Parece que pintou ontem e hoje já estão com uma borda pálida entre o esmalte e o resto do dedo. Vai ter que retocar as unhas para o baile. Quando era mesmo? Agora à noite? Amanhã? Não sabe nem em que dia vive. Sente o hálito azedo, a boca seca. Levanta-se. Como lhe custa sair da cama nos últimos tempos! Caminha pelo cimento cru até a cozinha, serve-se um copo grande de água. Toma até sentir a pança inchada. Abre de novo a torneira e molha o rosto.

Em vez de voltar ao quarto, vai se chegando ao dormitório da mãe.

Siomara também está dormindo de barriga para cima, vestida com a regata que era de Mariela e uma saia desbotada, os pés descalços. O peito ossudo sobe e desce. Lucy se estira devagar ao lado dela e a vê dormir. A mãe cheira a tabaco. A cara não relaxa nem quando ela está dormindo. Está de cenho franzido e mandíbulas apertadas. Rilha os dentes de cima e de baixo, bem suavezinho. Vão se gastando feito pedras. As raízes brancas dos cabelos desenham uma auréola no cocuruto. Como é possível que precise tingir de novo? Se faz dois, três dias que a sentou no pátio, com uma toalha sobre os ombros, aplicou a tintura, primeiro o creme, com aquele cheiro de xixi de gato, insuportável, depois uma penteada para espalhar bem, depois a touca de náilon. Talvez o único momento em que o rosto da mãe relaxa seja quando ela lhe aplica a tintura. Lembra dela com a cara voltada para a luz da tarde que ia caindo, as pálpebras cerradas, a testa lisa. Um trejeito suave nos lábios, como se estivesse sorrindo. E depois, mais um momento, quando ela lhe enxágua os cabelos e passa a toalha com força, para secar bem.

Lucy quer ser cabeleireira. Quer dar às outras mulheres esse momento de paz que a mãe parece ter quando ela lhe dá um trato nos cabelos.

Ela também se acomoda de barriga para cima e cruza os braços sobre o peito. Quando morreu, a avó foi velada nessa cama, não exatamente onde está agora, mais para o meio do quarto, nesse espaço onde agora estão meio corpo seu e meio corpo da mãe. Lucy e Mariela pularam para cima da cama e deram um beijo nela. Estava fria como a cara de plástico das bonecas. A mãe fizera o coque que a avó sempre usava. Pensando bem, a mãe também tinha jeito com o cabelo das pessoas. Aparava as pontas das filhas, passava o matizador na avó, tintura não, não usava. O cabelo todo branco ficava lilás de uma vez e ia desbotando com o passar dos dias. Também cortava os cabelos e acertava o bigode do tio. Ou seja, foi da mãe que ela herdou o dom. Ela, que sempre acha que é parecida demais com o pai e que por isso a mãe não gosta dela como gosta de Mariela. Quando passar a birra da mãe, Lucy vai lhe dizer: viu só como também levo jeito com o cabelo dos outros?

Mariela abre os olhos. Lucy não está na cama. Lembra que voltaram faz um tempinho. Lembra do rapaz lindo que conheceram na venda. Lembra que hoje à noite tem baile e sorri porque vai vê-lo. Levanta-se. A casa em silêncio e vazia lhe mete medo, embora o sol ainda esteja brilhando. Entra no dormitório da mãe. A irmã e a mãe estão dormindo. Ou assim parece, porque, quando chega mais perto, Lucy entreabre os olhos e sorri, dá uma palmadinha na cama e abre lugar para ela. Ainda lhes sobrou um resto de sonho, e assim dormem as duas, abraçadas, encolhidas, ao lado da mãe.

Siomara abre os olhos. Não sabe quanto tempo dormiu, mas sente-se descansada, leve, o peito aberto. Faz muito tempo que não desperta com uma sensação tão boa. Sem se mexer, estica uma das mãos e acaricia o trecho de lençol a seu lado. Fica olhando para o teto. A casa está em silêncio, a não ser pelos pequenos queixumes que as casas desprendem no verão. A chapa de zinco dilatando-se com o calor. O vaivém dos cupins que roem as vigas de madeira. O piso de cimento que estala em algum canto, o começo de uma nova rachadura. A respiração pausada da humanidade recém-desperta. Não quer se mexer para não romper esse equilíbrio frágil. Quer continuar em pausa. Não pensar. Não lembrar.

Enero, por sua vez, na outra ponta da mesma ilha, da mesma sesta, não faz outra coisa senão lembrar. Vê os dois saindo de bote, o Negro e Tilo, diminuindo sobre a estela prateada do rio, perdendo-se num recôncavo. Ele sozinho, ali embaixo da aroeira.

Plantou uma igual a essa no fundo de casa. Levou-a daqui, ainda pequenina, meio metro, e agora já é uma árvore pra valer, já lhe passou a cabeça faz tempo. A mãe teria gostado de se sentar à sombra para costurar ou ler revistas.

Ele sempre pensando nela: a mãe teria gostado disso ou daquilo, teria dito disso ou daquilo, imagine se estivesse aqui.

Será que pensa tanto na mãe porque não teve filhos? Será que quem tem família própria pensa menos para trás e mais para a frente?

Uma vez, quase teve um filho. Uma moça com quem ia para a cama fazia já um tempo ficou grávida. Ela queria ter o bebê.

Mas desde quando eu vou ter filho com você.

Disse Enero.

A moça tinha começado a chorar.

Pronto, pronto.

Disse Enero.

Abraçou-a para consolá-la e acabaram transando.

Depois ela ficou dormindo. Enero acendeu um cigarro e olhou para ela, nua, esparramada sobre a cama. Feia não era e dava para ver que, de barriga como estava, tinha ficado mais peituda. Passou-lhe a mão sobre as ancas, tinha a pele macia. Voltou a se deitar de costas, olhando para o teto do quarto.

Delia estava com as amigas, jogando bingo. Era sábado. O pai, sempre viajando, estava em algum lugar de Corrientes. Nunca se sabia bem por onde andava o velho, até que voltava. Naquela noite, iria ao baile com Eusebio e com o Negro, como sempre. Se fizesse a vontade da moça e tivessem aquele filho, os amigos, a noite, a pesca, tudo ia acabar.

Enero levantou-se, vestiu-se e a sacudiu por um tornozelo. Ela despertou sorrindo e se espreguiçou, estirando os braços feito uma criancinha.

Levanta, que a minha mãe está pra voltar.

Disse Enero e saiu para o pátio.

Ela logo chegou por trás, abraçando-o e apoiando o queixo em seu ombro. Ele se soltou, irritado.

Me dá uns dias, que eu dou um jeito em tudo.

Disse.

Ela continuou sorrindo feito boba, sem entender a que ele se referia exatamente, por mais que no fundo soubesse que não havia mais que duas opções, ou três.

Uns dias depois, Enero juntou o dinheiro e passou para buscá-la em casa. Foi só vê-lo, e o rosto da moça se apagou. Enero lhe deu um beijo rápido no rosto. O pai dele tinha voltado de viagem e lhe emprestara o carro. Subiram cada um por seu lado, ela cabisbaixa.

Enero arrancou e lhe deu uns tapinhas no joelho.

Uma coisa é se divertir, outra coisa é formar família. Disse.

A casa do curandeiro Gutiérrez estava quase como ele a recordava, se bem que a parte de chapa de alumínio tinha sumido e agora tudo era de tijolo. As coisas tinham ido bem para Gutiérrez, por algum tempo. Atendia um político da região, e o sujeito tinha passado o nome dele para uns conhecidos, gente de dinheiro. Depois o político teve um acidente de carro, que o deixou paralítico. Gutiérrez meteu-se a dizer que ia fazê-lo andar, com a ajuda de Deus. Mas Deus não tinha ajudado, Gutiérrez também não, nem as velas nem as pajelanças que armou. O homem ficou prostrado e o curandeiro caiu em desgraça. Teve que voltar à clientela de pobres, a curar barriga presa, deslombrigar os guris e tirar bebês indesejados do ventre das mães.

Naquela vez, quando vieram por conta do Afogado, quando eram meninos, o povo se amontoava, esperando a vez. Agora não havia ninguém.

A mulher de Gutiérrez esperava por eles numa das portas. Embora fosse toda de alvenaria, a casa ainda tinha o mesmo alpendre e o monte de portas, todas abertas, exceto a da salinha de atender.

A mulher levou-os até a cozinha e perguntou a Enero se tinha o dinheiro. Ele entregou o rolo de notas e a mulher contou-as diante deles.

Está certo.

Disse.

Espera aqui.

Disse.

E você, vem comigo.

Disse.

A moça foi atrás, desgostosa e envergonhada.

Enero sentou-se e acendeu um cigarro. Pensou por que havia tantas portas e quartos se, ao que parecia, só viviam ali Gutiérrez e a mulher. Um gato listrado pulou para cima da mesa e se deixou acariciar, arqueando o lombo sob a palma da mão de Enero. Depois, deu-lhe uma mordida e com mais um salto foi parar em cima do armário. Olhou para Enero de lá e então, desinteressado, começou a lamber uma das patas.

Um pouco depois, a mulher de Gutiérrez voltou à cozinha com a moça. Enero levantou-se, em sinal de respeito pela dona da casa. A moça vinha com a vista cravada no chão. Mas a mulher do curandeiro encarou-a bem nos olhos.

Se não quer filho, corta logo tudo fora!

Disse.

Fizeram o caminho de volta em silêncio. A moça mirava, meio ausente, pela janela. Mantinha as duas mãos juntas sobre o regaço. Quando chegaram à casa dela, Enero quis dizer alguma coisa, mas não lhe saiu nada. Ela também não esperou, abriu a porta e saiu rápido. Entrou pelo portãozinho de arame que separava a casa da rua, sem se virar para trás.

Enero nunca mais a viu. Tempos depois, soube por um conhecido de ambos que ela tinha ido morar em Buenos Aires.

Anos mais tarde, quando Eusebio veio com a história de que ia ter um filho, Enero sentiu um pouco de inveja e de arrependimento. Numa coisa, por uma vez, podia ter ganhado vantagem sobre o outro. Mas Eusebio sempre disparava na frente. Até na hora de morrer foi o primeiro. Esse mistério foi revelado a Eusebio antes que a todo mundo.

Aquela noite no rio foi confusa desde o começo. A discussão que começou por uma coisa que nunca se soube se era verdade ou só conversa fiada que alguém tinha soprado para Eusebio. Já fazia um tempo que Eusebio andava estranho. Com pouco trabalho e bebendo mais que de costume.

Eusebio discutiu com o Negro e depois se perdeu umas tantas horas por aí. Voltou à noite, num fogo bravo, e inventou de sair para o rio, para jogar o espinel.

Mas por que o deixaram subir no bote? Por que não o frearam? Por que simplesmente deixaram que fosse?

Ele já volta.

Disse o Negro.

Mas não voltou.

Quanto tempo passou até que fossem atrás? Até que saíssem gritando seu nome na noite silenciosa? Até perceberem que não ia voltar nem naquela noite nem nunca? Pois foi preciso rastreá-lo e tirá-lo d'água. Muitas horas depois, muito longe dali. Inchado, pejado de rio, os olhos abertos buscando a claridade.

Mariela e Lucy deitam-se na areia suja da margem. Um grupinho de adolescentes, não muito mais velhos que elas, toma cerveja, todos metidos n'água. Passam a garrafa de mão em mão, falam alto, riem. Dá para ver que são de fora. Devem estar numa das casas de fim de semana que há na ilha, longe dos ranchos dos locais. Elas conhecem essas casas porque, no inverno, quando estão vazias, refugiam-se ali com os amigos para tomar vinho e fumar baseado. Sempre roubam alguma bugiganga, um enfeitezinho, um cinzeiro que antes foi roubado de algum hotel em algum país no qual elas nunca vão pôr os pés.

Mal as duas chegam e se estiram ao sol, os rapazes aumentam a algazarra, para chamar a atenção. Dão caldo um no outro, montam às costas um do outro. Agarram um qualquer, em quatro, tiram-no do rio e o esfregam na areia.

Mariela olha o céu, transparente como jamais será a água que as rodeia. Hoje à noite, para o baile, vai pôr seu melhor vestido. Um vestido que foi comprar com o tio em Santa Fe. Primeiro cruzaram o rio, para chegar ao continente. Depois tomaram o micro-ônibus. Sair da ilha é sempre um acontecimento. Cruzaram o túnel por baixo do rio. Tudo escuro, mesmo que lá fora fosse de dia. Os faróis dos carros acesos. Ela olhando pela janela, por mais que não houvesse nada para ver além das paredes de cimento, além das marcas que a água deixa quando se infiltra. Não queria perder nada. Quando chegaram ao terminal, o tio disse que aproveitasse, caso quisesse usar o banheiro. Ele ficou enrolando um cigarro, enquanto espiava as capas das revistas penduradas na banca. Ela foi ao banheiro. Caminhou devagar, porque não estava apurada: fazer xixi, lavar as mãos, retocar o delineador. Uns sujeitos que estavam no bar repararam nela e disseram alguma coisa que Mariela não chegou a entender, porque falaram em voz baixa. Gosta de sentir o olhar dos homens em cima dela. É como um calor que sobe pela barriga e lhe queima as bochechas.

O banheiro cheirava a xixi e água sanitária. Uma velha, de avental azul, cortava e dobrava pedaços de papel higiênico.

Mariela estava para pegar, mas lembrou que não tinha dinheiro trocado. Só uma nota grande, que a mãe lhe dera. Agradeceu à velha de olhar apagado, que voltou a cortar e dobrar o papel, com cara de poucos amigos. Fez xixi sem se sentar na privada. Meio em pé, viu o jorro âmbar saindo entre suas pernas e golpeando a cerâmica. No bolso do jeans, encontrou um pedacinho de papel e se limpou antes de puxar a calcinha para cima. Quando saiu, lavou as mãos. A mulher que cuidava do banheiro voltou a olhar, esperando que comprasse papel para se secar. Mas ela secou as mãos nas calças. Corrigiu a maquiagem e saiu.

Depois foram às lojas da rua de pedestres, foi a escolha do vestido. Entrar, provar, desfilar para o tio e para as vendedoras. Ele não opinava.

O que você achar mais bonito, filha.

Disse.

As vendedoras elogiaram o porte, a cintura. Perguntaram se já tinha pensado em ser modelo. Enquanto as vendedoras a adulavam, Mariela olhava de esguelha para o tio. Tão alto, tão espigado, sapo de outro poço, ali entre manequins e araras com roupas bonitas, em cima de um assoalho que parecia o céu de tão limpo, de tanto que brilhava. Tinha vontade de rir do tio que não sabia o que fazer com as mãos, que não lhe servem de nada sem um cigarro, um espinel ou uma faca de limpar peixe. Com a roupa que só usa quando sai da ilha: calças de brim, sandálias novas e a camisa enfiada para dentro. As mulheres olhavam para seu pescoço moreno, os braços curtidos de sol, o bigode preto, os olhos repuxados. Tão diferente dos sujeitos que elas devem conhecer.

Entraram e saíram de várias lojas, sem que ela se decidisse. Enquanto caminhavam de um negócio para o seguinte, ela via o reflexo dos dois nas vitrines. Finalmente encontrou o vestido. O tio tirou do bolso o feixe de notas e a vendedora ajeitou a prenda numa sacola.

Antes de voltar ao terminal, sentaram-se num bar. O tio tomou cerveja e ela, uma coca-cola. No bar também olhavam de esguelha para eles dois. Os homens sentados às outras mesas e junto ao balcão. Para ela, com ganas. Para o tio, com inveja.

Na noite em que estreou o vestido, foi ao baile com um rapaz. Acordou quando o amanhecer era uma serpentina rosa entre as árvores do mato. O vestido amarfanhado, sujo de folhas e galhinhos. O rapaz dormia ao lado, e ela se levantou sem fazer barulho.

Quando chegou em casa, a mãe e Lucy estavam sentadas na cozinha. As duas com cara de fulas. A mãe olhou para ela um bom tempo, sem dizer nada. Depois se levantou e disse:

Vão dormir.

No quarto, enquanto ela se despia, Lucy agarrou-a pelos cabelos e puxou com força. Depois lhe deu um abraço.

Imbecil, que susto você me deu.

Disse.

Deitaram-se na mesma cama.

Agora me conta tudo.

Disse.

Entreabre um olho e vê Lucy falando com o grupinho de rapazes. Mariela se ri: a irmãzinha está ficando atrevida.

Na noite em que tiveram o acidente, saíram de casa fugidas da mãe. Siomara estava numa das fases que tinha de vez em quando, mais amarga que de costume. Dizia não para tudo; os castigos e as proibições se sucediam por um nada. Via como as duas iam crescendo, como aos poucos lhe escapavam por entre os dedos, como um dia também a deixariam. Tinha medo que embarrigassem ou que se juntassem com um mau-caráter. A impotência a deixava furiosa. Naquela tarde, na última tarde em que as viu, tinha se irritado por uma besteira qualquer. As camas por fazer ou a roupa jogada pelo quarto, uma resposta atravessada ou alguma outra bobagem.

Vão-se embora, suas putas!

Disse.

E começou a juntar restos para armar um fogo.

Não viu quando as duas saíram. E também não foi espiar no quarto delas até várias horas depois. As camas feitas, mas a roupa jogada em cima de uma cadeira.

Continuou irritada o resto do dia e pegou ainda mais bronca quando anoiteceu e as gurias não apareceram. Ficou sentada junto à mesa da cozinha. Estaria acordada quando entrassem pela porta e então ia lhes ensinar com quantos paus se faz uma canoa. Mas em alguma altura da noite foi vencida pelo sono e despertou quando clareava, com a cara apoiada na mesa, o pescoço enrijecido, o nariz perto do cinzeiro cheio de cigarros. Foi de novo até o quarto das filhas. Não estavam. Deitou-se vestida numa das camas.

Depois da discussão com a mãe, foram até a casa de uma amiga, tomar mate. Sempre faziam isso quando brigavam, desapareciam um tempinho enquanto ela sossegava. Mas não havia ninguém na casa da amiga, então acabaram na venda. Pediram ao velho que pendurasse duas coca-colas na conta. O velho se fez um pouco de rogado. Velho nojento, sempre o mesmo, desde quando eram pequenas. No final, deu as cocas e um saquinho de batatas fritas.

Vamos ver se pelo menos me atraem uns clientes.

Disse.

Mariela mostrou um "fuquiú" e o velho riu.

Molecas atrevidas.

Disse.

Fazia calor e o sol ainda batia na chapa de zinco do toldo. As mesas e as cadeiras de metal estavam quentes. O chão salpicado de tampinhas de cerveja e de refrigerante, que iam se cravando na terra e soltando lampejos prateados.

Sentaram-se por ali, à toa. Tomaram as cocas. Terminaram as batatas fritas e lamberam os dedos cheios de óleo e sal. Estavam quase indo embora quando chegou o grupo de rapazes. Mariela conhecia um deles, que chamavam de Panda, era amigo de um amigo de um amigo. Panda reconheceu-a e a convidou a sentar-se com eles. Os outros dois não eram da ilha. Tomaram umas cervejas. Cada vez que trazia as garrafas, o velho olhava e dizia: tão de olho, hein. Velho pentelho.

Entardecia quando falaram de ir numa balada no continente. Estavam com a caminhonete esperando, iam dançar num lugarejo a dez ou vinte quilômetros, depois traziam as duas de volta. O Panda tinha uma canoa, podia fazer a travessia na ida e na volta.

Estavam vestidas de qualquer jeito: shorts, regata e tênis. Mas eles insistiram que estavam ótimas, que o baile era simples, que eles também iam do jeito que estavam.

Lucy tinha gostado de um do grupo e fez sinal para Mariela para que entrassem na onda. Mariela pensou que não seria mal sumir por umas horas, quem sabe assim a mãe se preocupava um pouco e pensava duas vezes antes de mandá-las embora.

Tomaram mais umas cervejas e partiram ao cair da noite. Enquanto arrumava a mesa, o velho viu o grupo ir embora. As filhas de Siomara estavam cada vez mais bonitas.

Atravessaram o rio em duas viagens. Quando chegaram todos a terra firme, subiram na caminhonete. As garotas na frente, com o rapaz que dirigia. Panda e o outro amigo atrás.

A balada não era mais que uma pista de dança perdida no meio do campo. Um bar, um disc jockey, umas luzes pobrezinhas espalhadas pelo galpão. Vinham rapazes e moças dos lugarejos vizinhos, de carro, moto ou caminhonete, todos carregados de gente até as tampas.

Mariela e Lucy dançaram a noite toda. Alegres, por causa do álcool. Soltas, longe de casa. Lucy deu uns beijos num dos amigos do Panda, o mesmo em que tinha posto o olho. Mas estava mais interessada na cúmbia que nos amassinhos, o rapaz se cansou de ficar atrás dela e foi com outra.

Ali pelas cinco, puseram as músicas lentas e a pista começou a esvaziar.

Voltaram à caminhonete. Na frente, o que dirigia, Mariela, Lucy e Panda, todos apertados. Atrás, uns quantos que tinham ficado a pé.

Falaram um pouco de coisas do baile, e as garotas adormeceram. Abriram os olhos quando a caminhonete dava uma volta inteira no ar e caía, capotada, na valeta rente à estrada. Um barro profundo, só uns poucos centímetros de água.

A notícia do acidente chegou à ilha ao meio-dia.

A essa altura, Siomara já havia saído em busca das filhas, perguntando por elas a todos os vizinhos. O único que tinha alguma coisa para dizer era o velho da venda.

Que tinham estado ali, que tinham ido embora com o Panda e uns amigos dele. Panda, o filho do Canelo.

Siomara foi até a casa do rapaz, que também não tinha dormido lá. A mãe não sabia. Tampouco estava preocupada. As que têm filhos homens não se preocupam onde eles dormem nem com quem. Siomara rumou para os lados do irmão. Ainda estava irritada, mas, à medida que passava o tempo e as filhas não apareciam, a raiva ia se transformando em preocupação.

68

Aguirre disse que deviam ter dormido por aí, com alguma amiga, que já já voltariam. Que entrasse e tomasse uns mates. Depois dariam outra volta pela ilha. Siomara aceitou. Não queria ficar sozinha em casa e queria acreditar nas palavras do irmão. Enquanto Aguirre encilhava o mate, deram a notícia pelo rádio.

Uma caminhonete que voltava de um baile carregada de gente tinha capotado para dentro de uma valeta, com tanto azar que o veículo sepultou todo mundo no barro. Nove. Todos mortos.

Não havia razão para que as filhas estivessem ali. Por isso não entendeu quando, mais tarde, vieram lhe dizer que, dos nove mortos, dois eram suas filhas.

Além do Panda e das gurias, mais dois guris da ilha estavam na caminhonete que virou. Os cinco foram velados no salão da Associação de Moradores. As tampas dos caixões transbordando de flores silvestres. Fazia pouco, as vitórias-régias tinham reaparecido no rio. Um rebento para cada guria.

O choro das mães dos três rapazes mortos ocupava toda a sala. Não estavam preparadas: as que têm filhos homens nunca estão preparadas para a desgraça. Siomara, por sua vez, não deixou cair uma única lágrima, nem no velório, que durou a noite toda, nem no cortejo fúnebre pelo rio, nem no cemitério, onde deixaram os corpos para sempre.

A manhã era um desvario de sol. Uma brisa muito suave embalava a balsa com os cinco caixões, puxada por dois botes. Atrás, em mais botes e canoas, as famílias e os vizinhos. Algumas flores se soltavam dos féretros e flutuavam pelo rio, até se perder num redemoinho.

Siomara mirava a água, os olhos perdidos. De tanto em tanto, Aguirre, que ia ao lado, enrolava um cigarro e o punha já aceso na boca da irmã. Ela fumava até que a bituca lhe queimasse os lábios.

Embora tivesse visto os corpos das filhas, pálidos como a aurora, Siomara não acreditava que dentro daquelas quatro tábuas mal pregadas estavam suas gurias.

O irmão até já dissera, as filhas estavam por aí. Haviam discutido, as duas tinham ido embora e iam voltar. Queria terminar com aquilo e voltar o quanto antes para casa, para esperá-las.

Coitada dessa gente.

Disse.

Aguirre olhou sem entender.

Coitada dessa gente. Como vão fazer pra se recuperar?

Disse.

Mariela se levanta, sacode a areia das costas e se aproxima do grupo em que a irmã paquera os rapazes. Sem dizer oi nem nada, tira a garrafa de um deles e toma um gole. Cospe.

Tá quente.

Diz.

O que estava com a garrafa dá um sorriso.

Tá quente, sim.

Diz.

Mariela se vira para a irmã.

Vamos?

Fiquem aí. Temos umas cervejas mais geladas.

Diz outro.

Temos que nos preparar pro baile.

Diz Mariela.

Vocês vão?

Está convidando?

Diz um deles.
Mariela ri e dá de ombros. Pega Lucy pela mão.
A gente se vê.
Diz.

Quando Tilo e o Negro voltam, encontram Enero preparando
o fogo.
Pra espantar os mosquitos.
Diz.
E pra pôr umas carnes.
O Negro e Tilo se entreolham.
Este aqui tá querendo ir a um baile.
Diz o Negro.
Baile?
Diz Enero.
Lembra que convidaram a gente.
Diz Tilo.
Enero ri e continua a quebrar gravetos com as mãos e a
jogá-los sobre as chamas.
Não sei.
Diz.
Agora é o Negro que ri.
Que foi? Logo você, que sempre tá pronto pra ir.
Não sei.
Repete Enero.
Vamos, homem, vamos dar uma mãozinha pro Tilo aqui.
Parece que ficou entusiasmado com as candidatas.
Tilo ri. Cheio de pudores.
Eu disse que era só pra sair um pouco.
Enero continua calado, olhando para o fogo.
Tá bem, vamos um pouquinho, damos uma volta.
Diz o Negro.

Caminham pelo mato à noite. Vão às apalpadelas. Tudo tão vivo ali no meio e eles tão cegos. Os fios das teias de aranha se prendem a seus cabelos, ao rosto.

O Negro conta que, certa vez, num matagal para os lados de Corrientes, viu umas aranhas que vivem em ninhos nas árvores. Tecem teias gigantes, de fios fortes e elásticos. Daquela vez, diz, ele as viu passando de uma ponta do matagal até a outra, por cima da teia, como se estivessem em cima de um tapete mágico.

Enero ri.

Ô mentira boa.

Diz.

Freia de repente para procurar os cigarros. Quando o acende, a chamazinha do isqueiro parece uma luz gigante, de tão cerrada que é a escuridão. Não sabe por quê, mas lembra-se de um quadro que havia na casa de umas parentas e que lhe metia medo quando era criança. O peito de Jesus aberto com o coração que mais parecia uma bola de fogo. Mãe do céu! Era ir à casa delas para depois ter pesadelo.

As copas das árvores se agigantam com a noite, e mal se vê, de vez em quando, uma estrela ou duas, um trechinho de céu. Os pés tropeçam em raízes, ou senão os tornozelos se torcem na areia fofa. A cada tanto, o brilho de uns olhos aparece e desaparece na espessura: duas diminutas luzes que pairam no ar e se apagam num piscar de olhos. Os sons variam em intensidade à medida que eles vão entrando no mato. Bichos, pássaros talvez, que guincham todos juntos, assustados e ao mesmo tempo ameaçadores. Bater de asas, arbustos que se abrem à passagem de alguma coisa e voltam a se fechar atrás da criatura. A vigilância calada de aranhas, insetos e cobras. A suspeita ominosa das urutus.

Enero sente o coração agitado, a respiração dos amigos que por vezes se aproxima, por vezes se perde. Vão os três com os braços esticados à frente, afastando galhos, protegendo-se dos arranhões. Vão como quem nada, dando braçadas curtas, respirando devagar.

Tem medo. Tem a impressão de que são seguidos por alguma coisa e, por mais que vire a cabeça por cima do ombro, não chega a ver outra coisa que não seja mato. Quer sair logo do meio desse barulho de chuva que fazem as folhas, agora que começou a soprar uma brisa. Mais à frente, tem a impressão de ver a claridade da lua.

Deve ter sido uma espessura assim que Eusebio teve diante dos olhos, quando foi tragado pelo rio. Terá visto alguma luz no final? Enero lembra dos olhos desorbitados, quando recuperaram o corpo. Como se, logo antes de morrer, tivesse visto alguma coisa tão imensa que o olhar não bastou para dar conta.

Mas o que teria sido? Alguma coisa pra lá de imensa, isso sim.

Mas será que pra lá de horrorosa também?

Ou pra lá de bonita.

Quando Enero terminou a academia de polícia, destinaram-no por uns meses a um lugarejo bem ao norte da província. Durante aquele tempo todo, meio ano, talvez, não viu a família nem os amigos, não voltou para casa e mal falou com a mãe um par de vezes.

No posto policial, se é que se pode chamar assim um recinto pouco maior que uma guarita, com uma latrina do lado de fora, estavam apenas ele e um comissário, um sujeito alguns anos mais velho, chamado Arroyo. Amílcar Arroyo. Era juntado com uma moça que podia ser sua filha e que estava de barriga pela segunda vez, nessa época. Um dia, a garota veio lhes trazer um tupperware com comida, e Enero ficou olhando para ela enquanto se afastava. Arroyo notou e lhe disse sorrindo que não havia coisa melhor que uma xaninha apertada e que aquela ali, agora que estava para parir o segundo, estava perdendo a graça.

Se bem que a culpa é minha.

Disse.

Não devia ter gastado a garota tão rápido. Mas eu gosto de montar a pelo, fazer o quê.

Disse e soltou uma gargalhada.

Enero se perguntou o que a garota podia ter visto em Arroyo. Sem uniforme, Arroyo era um morto de fome igual a qualquer outro do lugarejo.

Enquanto comiam o guisado requentado, o chefe, como se tivesse lido seus pensamentos, comentou que o lugarejo estava cheio de pivetas a fim de homens pra valer feito eles dois. Que Enero podia se servir à vontade, ninguém ia falar nada.

Aqui é assim.

Disse.

Enero respondeu que não estava pensando em ficar muito tempo no lugarejo, era melhor não se amarrar a ninguém.

Arroyo soltou outra gargalhada e se engasgou com um grão de arroz que entrou no lugar errado. Enero ajudou-o, deu-lhe um tapa nas costas e levantou seus braços até que o outro se refez. Uma vez reposto, Arroyo tomou um gole de vinho e, todo vermelho, com a voz ainda estrangulada, disse:

Quando você quiser, é só ir embora. Cadê o problema! Por aqui, as amarras são de baba de aranha... qualquer ventinho leva.

Enero não gostou daquele tempo, mesmo que não houvesse trabalho nenhum e os dois coçassem o saco a valer. Arroyo negociava com todo mundo e levantava um bom dinheiro fazendo vista grossa para os ladrões de gado e os puteiros da estrada, que à noite formavam uma guirlanda colorida de uma ponta à outra da 14. Viatura não havia, então andavam a cavalo ou numa moto que Arroyo confiscou durante uma blitz e esqueceu de anotar no relatório.

Não gostava, mas também não queria voltar para casa nem de visita. Alguma coisa o incomodava em seu presente, naquele lugar morto, e em seu passado, como se Enero fosse duas pessoas diferentes que só se assemelham por obra do incômodo. Arroyo criou carinho por ele, talvez porque Enero nunca batia de frente e fazia tudo que mandavam fazer. Não era como os outros fedelhos recém-saídos da academia que tinham vindo parar ali em outros tempos. Talvez por isso tenha lhe apresentado a irmã mais nova de sua senhora, como gostava de dizer, e deu um empurrãozinho na coisa. Deve ter pensado que, com uma guria fresca e ainda por estrear feito a cunhadinha, Enero não ia mais querer sair dali. Mas, uns meses depois, quando lhe ofereceram uma transferência à delegacia de seu lugarejo (o pai tinha mexido uns pauzinhos, mas isso ele jamais saberia), Enero fez as malas. Então Arroyo se emputeceu e lhe disse que levasse a guria, que ela estava toda besta por ele, que não podia abandoná-la assim, agora que a tinha arruinado.

Enero levantou os braços diante da cara de Arroyo, juntou as munhecas, bem coladinhas, e depois as afastou de uma vez.

Baba de aranha, Arroyo.

Finalmente saem do mato, suando e agitados.

Param um momento para se recompor.

Aí no meio não se vê nem o que se fala.

Diz o Negro.

Ha. Justo o mais falastrão.

Diz Enero.

Alguém precisa dar nome aos bois.

Diz o Negro.

Vamos parar um instante pra tomar alguma coisa.

Diz Enero.

Aponta para a luz branca da venda, que brilha a alguns metros.

Chegam. Lá está o velho, sentado a uma mesa com um morador, com um maço de cigarros e uma cerveja dentro de um recipiente de isopor. O tubo fluorescente pende de uma das cordas que sustentam o toldo. O zumbido elétrico e os baques dos insetos contra a luz são os únicos sons, até que os recém-chegados dão boa-noite.

Boa.

Diz o velho, sem se mexer.

A gente pode tomar alguma coisa?

Diz o Negro.

O velho faz que sim.

Poder, podem.

Diz.

Os três se sentam à outra mesa.

Uma cerveja.

Diz o Negro.

O velho vira a cabeça e faz um sinal para Tilo.

Vai lá, garoto, pega uma no freezer e pode trazer. É por conta da casa.

Diz.

Tilo olha para Enero e para o Negro, que dizem sim com a cabeça.

O rapaz se mete no cubículo e volta com uma cerveja e três copos. Quando os põe na mesa, seus dedos ficam marcados pela gordura do vasilhame.

E a que se deve o convite? Alguma festa?

Diz Enero.

O velho nem olha para responder.

A primeira é cortesia.

Diz.

Obrigado.

Diz o Negro.

O velho levanta uma das mãos como quem diz: tudo certo.

Quando voltou para o lugarejo, Enero demorou para se reencontrar. Lá estavam a mãe, os amigos, todos felizes, como se Enero tivesse voltado são e salvo da guerra. Ele também gostaria de estar tão feliz por vê-los. E estar, estava, não é que não. Mas, ao mesmo tempo, estava inquieto, como esses cachorros com carrapato que não sabem onde se espojar. Passava o dia inteiro na delegacia e às vezes também as noites. Ali, entre os companheiros novos, metido no uniforme, sentia-se menos alheio que entre os seus de sempre.

Naqueles meses em que tinha estado longe, Eusebio e o Negro criaram o costume de passar para tomar mate com Delia. Quando Enero voltou, continuaram a ir, mesmo que o amigo nunca estivesse em casa. Um dia, Delia comentou.

Meu filho está mudado.

Eusebio e o Negro entreolharam-se.

Como assim, mudado?

Disse Eusebio.

Não sei. Diferente.

Disse Delia, com os olhos lacrimejantes.

O Negro deu-lhe um tapinha no braço.

Nada que um pouco de comida e de roupa limpa não resolvam.

Disse.

Delia sorriu.

Não sei.

Disse.

Eles também o achavam estranho, mas não disseram nada para não preocupá-la ainda mais. Enero era o mesmo de sempre e era outro. Não sabiam explicar. Era e não era. Sobre a temporada no tal lugarejo, do qual nem sabiam o nome, ele não falava nunca. No começo, pensaram que ele tivesse deixado namorada por lá, que estivesse com saudade. Mas Enero tinha morrido de rir.

Namorada!

Disse.

Mas o que foi, enviadaram enquanto eu estava fora?

Depois foram se acostumando. Ou quem sabe foram se esquecendo do Enero de antes, assim como, com o passar do tempo, se esquecem das vozes dos mortos. Se alguém perguntasse agora, o Negro diria que Enero sempre foi igualzinho assim.

Lucy desemaranha os cabelos de Mariela, que está enrolada numa toalha e sentada na cadeira, a única que têm no quarto de dormir. O rádio está sintonizado num programa de música e as janelas estão abertas porque já anoiteceu faz algum tempo e começou a soprar uma brisa fresca. Enquanto a irmã a penteia, Mariela pinta as unhas dos pés. Um pé apoiado na beirada da cadeira, o queixo contra o joelho, o minúsculo pincel numa das mãos e o vidrinho na outra. De repente, levanta a cabeça e fica com o pincelzinho suspenso no ar.

Puxei com força?

Diz Lucy.

Não. Lembrei que ontem à noite sonhei com o Panda.

Com quem?

O Panda, aquele amigo do Rodolfo, o que tem uma pinta na cara.

Lucy não sabe quem é. Continua passando o pente, pensativa.

Sabe sim. É só ver que você reconhece na hora.

Diz Mariela.

E sonhou com o quê?

Não sei, me veio uma cena de filme, sabe. Um treco esquisito, com luzes e sirenes.

Mas ele estava morto?

Não sei.

Porque quando tem um morto no sonho e você lembra dele em jejum, a pessoa vive mais tempo.

Diz Lucy.

Mariela tampa o esmalte e se levanta.

Ainda não terminei!

Tá bom, já deu. Não gosto que fiquem mexendo no meu cabelo.

Arranca a toalha e enfia a cabeça no armário, tira uma calcinha e veste. Depois procura um sutiã que faça jogo. Enquanto isso, Lucy desemaranha os próprios cabelos, olhando pela janela.

Você combinou alguma coisa com aqueles tontos?

Diz Mariela enquanto passa creme nas pernas.

Quais?

Diz Lucy.

Os da praia, quem mais...

Ah, não. Nem sei do que a gente falou.

Foi com a cara de algum?

Lucy dá de ombros.

Eu nunca vou com a cara de ninguém.

Diz.

A noite foi caindo no caramanchão de César. Ninguém lembrou de ir jogar o espinel. A tarde foi morrendo entre rodadas de vinho, discussões sobre que lição dar aos sujeitos que tinham pescado a arraia, que corretivos de violência crescente.

De dar um susto a aplicar uma sova até passar na faca. À medida que corria o vinho, o castigo ficava mais duro, como também as línguas dos justiceiros. Como se não pudessem esperar, dois dos mais fedelhos saíram no braço. César entrou no rancho e saiu com um revólver. Deu dois tiros para cima e os pentelhos seguraram a onda. Com a arma ainda quente na mão, foi e deu um tabefe em cada um.

Estão se achando o quê, seus fedelhos!

Disse.

Depois sentou-se à ponta da mesa e descansou o revólver em cima da tábua.

Tem que ficar de cabeça fria!

Disse.

Fez um sinal para Aguirre, para que se sentasse a seu lado. Apoiou a mão no braço do amigo, manteve-a pousada ali e fechou os olhos. Com voz mais calma, repetiu.

Tem que ficar de cabeça fria.

Entram de passo confiante no mato, na umidade do sereno que vem com o frio. Tudo escuro, mas eles, feito gatos, se movem melhor na escuridão. Sabem o nome de cada pássaro pelo pio; o nome de cada árvore pela cortiça sobre o tronco, de cada planta pelo tamanho ou pela dureza de suas folhas. Andam pelo mato como quem anda no próprio rancho. Sabem onde pisar para não atiçar as cobras. Para que o escorpião não pique. O mato conhece todos eles desde guris. Mais de um foi engendrado e até parido ali mesmo, entre os salgueiros, os amieiros, os algarrobos e os ipês-rosas! Mais de um teve o junco e a espadana como berço! Nascidos e criados na ilha. Batizados no rio.

César e Aguirre vão na frente. Ninguém fala. Já disseram, sob o caramanchão, tudo o que havia para dizer. Cada um sabe o que tem de fazer. Melhor não falar, para ninguém se confundir.

Aguirre leva o galão de querosene. Não quis confiá-lo a ninguém. Esses trapalhões meio mamados lambuzaram tudo quando foram enchê-lo, e agora, conforme o braço vai ou volta, dá para sentir o cheiro mais ou menos espesso. Já estão perto. Mais um trecho de mato e chegam ao acampamento.

A pista de baile em questão é um terreno rodeado por sacas de plástico, com um poste no meio de onde saem guirlandas de luzes coloridas, formando um teto vazado. Se chove, suspendem tudo. Mas nessa noite as estrelas brilham no céu desanuviado e as pessoas se amontoam na entrada. Sentada a uma mesinha, uma mulher cobra e, em troca, entrega um número para o sorteio. Quando lhe perguntam o que vai ser sorteado, ela responde de má vontade: de tudo. Damas, grátis. Alguém está passando o som. Em datas especiais, uma orquestra vem se apresentar. Os frequentadores sabem de cor o repertório do disc jockey. Sempre as mesmas músicas, sempre a mesma ordem. Ele só desvia do caminho, muito de vez em quando, por ocasião de um aniversário, de data cívica ou a pedido de alguma guria em quem ele esteja de olho.

Há uma cantina que vende refrigerante, vinho, cerveja e fernet com coca-cola. E uma grelha que prepara sanduíches de linguiça. Nas noites em que o vento está agitado, a fumaça entra pelo baile e todo mundo xinga o churrasqueiro.

Como se não vivessem nesses ranchos cheios de fumaça! Resmunga ofendido o sujeito.

Enero, o Negro e Tilo entram na fila.

As cervejas que tomaram na venda deixaram-nos alegrinhos. Enero, que no começo não queria vir, está feliz feito pinto no lixo vendo a quantidade de moças que vão passando sem parar, bordejando a fileira de homens, manquejando quando os sapatos de salto alto se afundam na areia. Já vai mexendo a cabeça no compasso do tchaca-tchaca que sai dos alto-falantes. O Negro e Tilo riem.

Quanta beleza.

Diz Enero.

Siomara deambula pelos arredores do baile. Fuma e observa as gurias que vão chegando. Em cada uma delas, tem a impressão de ver as suas, mas não. Sempre é outra. Sempre que chega perto o bastante, a tal não se parece em nada com suas filhas. Mas de longe são todas iguais.

Vai até a zona dos banheiros, que fica do lado de fora. Dois cubículos, um colado no outro, com uma luzinha acesa sobre cada porta e um cartaz pintado à mão que diz "damas cavalheiros", indicando a entrada correspondente com uma flecha. O cheiro de creolina mistura-se ao dos perfumes e da maquiagem. Siomara aproxima-se na ponta dos pés, para espiar por cima da fileira de ombros que fazem fila. No amontoado diante do espelho, tem a impressão de ver os cabelos de Mariela. Passa rápido, e as moças reclamam.

Olha a fila, dona!

Estende a mão e está a ponto de tocar a cabeleira negra, solta e comprida, quando a moça se vira. Não é Mariela. Siomara volta sobre seus passos e toma distância.

Acende outro cigarro. Caminha entre os carros estacionados no descampado vizinho à pista do baile. Dentro de alguns carros, há movimento, música saindo pelas janelas abertas, gemidos e risinhos. Siomara vai de carro em carro. Por ela, abriria todas as portas e arrancaria todas aquelas moças até encontrar as filhas.

Que erro cometeu? Se ela odiava ter que se esconder do pai para fazer o que as mocinhas fazem, por que suas filhas agora inventaram de se esconder dela? Por que todas essas mocinhas se escondem nos bancos de trás dos carros?

Quando saem do mato, o acampamento está vazio. Ainda sobra algum rescaldo ali onde fizeram o fogo. As barracas estão armadas, e dá para ver o bote puxado para a terra. Remexem em tudo. No bauzinho escondido do bote, César encontra o revólver de Enero. Pega e passa para Aguirre.

Toma conta.

Diz.

Os mais pivetes veem passar a arma com angústia, mas não dizem nada.

A um sinal de César, um deles solta o bote, empurra-o para fora da margem, sobe e começa a remar devagar. Ficam olhando enquanto se afasta. O luar ilumina o sulco prateado atrás do bote.

Devia ter tacado fogo nele.

Diz César.

Dá até dó, novinho em folha assim!

Bote sempre faz falta.

Diz Aguirre.

Os dois se viram para o acampamento. César dá a ordem.

Você.

Diz para um dos homens.

Pode regar tudo com esse querosene aí.

O sujeito agarra o galão e começa a jogar.

A noite se empapa com o cheiro do combustível.

Quando termina, joga fora o galão de plástico.

Inchando o peito, César chega perto do toldo da barraca e acende o isqueiro. A chamazinha logo se converte numa labareda que se expande, seguindo o rastro do combustível.

Os homens dão um passo para trás e ficam olhando o pequeno incêndio.

Por um instante, só há o fogo. Todos calados.

Aguirre pensa em Siomara, nessa maldita mania de pôr fogo em tudo. Lembra-se da vez que ela quase queimou o rancho da família, com pai e tudo. Naquela ocasião, o velho se salvou porque os vizinhos se intrometeram. Mas ele sabe que não foi um acidente. Que aquele fogo todo vinha de dentro da irmã. Toda manhã, desde a morte das gurias, ele acorda pensando que vão vir avisá-lo que Siomara pôs fogo em si mesma. Tem certeza de que ela vai acabar fazendo isso. Se ainda não fez é porque ficou louca e acha que as filhas estão andando por aí e vão voltar um dia desses, quando menos esperarem. Mas ele sabe que, no fundo, ela sabe. Um dia, esse mesmo fogo que ela leva dentro de si vai lhe revelar a verdade. E nesse dia o fogo vai sair de uma vez.

César e os outros têm os rostos extasiados. Aguirre observa os olhos brilhantes, as peles rubras e suadas. Parecem diabos saídos do mato.

Mas não.

O diabo não mora na ilha. O diabo, Aguirre bem sabe, tem que cruzar o rio para chegar aqui.

As moças aparecem de repente, do nada, como flutuando entre os corpos transpirantes que requebram na pista. Eles as veem vir até onde estão, perto dos que estão dançando, mas não a ponto de serem eles mesmos os dançarinos.

Enero recebe-as com um sorriso exagerado e dá um empurrão em Tilo, que derruba um pouco da cerveja do copo. Mariela e Lucy aproximam-se para conversar por cima da cúmbia. O cheiro de grama recém-cortada envolve a todos.

Apresentam o Negro.

Apresentam as garotas ao Negro.

Enero dispara rumo à cantina e volta com duas garrafinhas de coca-cola.

Brindam por terem se encontrado de novo.

Por eles terem se animado a vir.

Por elas não terem dado o cano.

Vamos dançar.

Diz Mariela e puxa Tilo pela mão.

Todo mundo!

Diz Lucy e dá um braço ao Negro e o outro a Enero.

Vão os cinco para o centro da pista.

A música grudenta põe todos para dançar em meio à corrente de corpos que se remexem. Levantam os braços, batem palmas, as garotas vão de abraço em abraço. Riem. O Negro sai do tumulto e logo volta com uma sidra. É rodeado pelos quatro, a rolha estoura, os outros aplaudem, a espuma jorra. Bebem direto no gargalo.

Enero lembra de outro baile, na noite em que conheceram Diana Maciel, a mãe de Tilo. Por ser o mais jovem, os colegas de polícia sempre o mandavam fazer a ronda dos bailes. Alguns porque estavam fartos de farra e preferiam se deitar para assistir televisão com a esposa. Outros porque continuavam na farra, diziam à esposa que estavam de plantão e aproveitavam para passar a noite com outra qualquer.

Para Enero, fazer a ronda dos bailes não era trabalho.

Gostava de botar banca com o uniforme e ainda por cima bebia de graça. O Negro e Eusebio estavam sempre no pedaço, como antes de ele entrar para a polícia.

Viram Diana quando a pista começou a esvaziar. Depois souberam que vinha de outra festa, que ela e as amigas passaram só para tomar uma ou duas mais antes de ir dormir. Não eram do lugarejo. Diana sim, mas tinha ido estudar em Santa Fe e voltara contra a vontade, porque o pai, dono do hotel, tinha acabado de morrer.

Os três gostaram dela de cara.

Ruiva, cabelo curto, desenvolta.

Quando o baile terminou, convidaram-nas para tomar alguma coisa num bilhar que havia bem na saída do lugarejo.

Foi ali que Diana contou que se instalara havia pouco tempo, que ia cuidar do hotel, que não tinham mais dinheiro para que ela pudesse continuar a estudar. Que estava fula da vida. Que as amigas tinham vindo visitá-la para levantar um pouco o moral.

Poucas semanas depois, Eusebio estava saindo com ela.

Quem ficou fulo consigo mesmo, quando soube, foi Enero. Diana e ele haviam criado camaradagem, e ele achou que tinha chances de ser um pouco mais que amigo.

O Negro começou a rir quando Enero lhe disse que, no final das contas, Diana era igual a todas as outras, uma atiçadora. O Negro tinha se acostumado mais rápido que Enero a ficar sempre com as sobras de Eusebio. Depois veio a gravidez, nasceu Tilo, os dois se separaram. Foram e voltaram por muito tempo. Cada vez que tomavam distância um do outro, Diana procurava Enero como confidente. Eusebio sabia e não se zangava. Preferia que ela contasse coisas dele para um amigo a algum outro de fora.

Numa ou noutra dessas vezes, e algumas vezes mais, Enero e Diana terminaram na cama.

Estão pegajosos de cúmbia e sidra quando alguém agarra Tilo pelo cangote e o arrasta no meio dos outros dançarinos, que olham incomodados mas continuam dançando como se não houvesse nada. Enero e o Negro demoram a reagir e então sentem o tabefe na nuca, os empurrões que os obrigam por sua vez a empurrar os demais dançarinos, que também os peitam e dão uma de valentes.

Que merda é essa!

Veio procurar confusão, é?

Vai tomar porrada!

Tá se achando o quê, seu puto, fora daqui!

Cada vez que tentam se virar, levam um tranco ainda mais forte. Vão tropeçando e empurrando para que os deixem passar.

Que merda!

O Negro busca Tilo com os olhos. Vê Enero.

O guri!

Diz.

Sumiu!

Diz Enero.

Puta merda, cadê ele?

Finalmente chegam à entrada. Os sujeitos que os estão empurrando aplicam um safanão tal que os dois caem de cara na rua. Quando conseguem se virar de costas, César vai para cima do Negro e Aguirre pula em Enero. Sentam em cima deles, e começa uma chuva de porradas na cara. Os ouvidos zumbem, o sangue quente brota pelo nariz e enche a boca feito um vinho xaroposo. Os dois tentam se proteger com os braços, tentam dar algum murro, que termina no vazio. Quando os punhos de Aguirre e César também cansam, quando eles também sentem o sangue brotando entre os nós dos dedos, os comparsas os ajudam a se levantar e aproveitam para lhes dar uns quantos chutes nas costelas. E um derradeiro, um para cada um, bem nos ovos.

Ai de vocês se mostrarem a venta de novo por aqui!

Diz Aguirre.

Cospe e se limpa com a mão.

Um povinho saiu do baile para desfrutar da surra. Aos poucos vão voltando. Lá dentro, a música está pegando fogo.

Ficam mais algum tempo no chão, fazendo-se de mortos feito raposas. Quando tudo se acalma, Enero espia pela ranhura do olho inchado. Estica um braço e sacode o Negro, que se mexe devagar, queixando-se baixinho.

E o Tilo?

Levantam-se do jeito que dá. Dois ou três fulanos chegaram tarde e ficaram olhando, mas ninguém lhes dá uma mão. Um pouco mais à frente, à beira da rua, veem Tilo, sentado, com a cabeça entre as pernas e as gurias que cuidam dele.

Tá saindo muito sangue pelo nariz.

Diz Mariela.

Tá com a pressão baixa.

Ajudam-no a se levantar. O Negro apalpa Tilo da cabeça aos pés, para ver se tem algum osso quebrado. Tilo diz que está bem, só um pouco enjoado.

Vocês têm que ir embora daqui.

Diz Lucy.

Talvez porque as gurias os conduzam ou talvez porque querem dar o fora no ato, atravessam o mato mais rápido que na ida. Nem se importam com os arranhões dos galhos, nem com os espinhos que esfolam os braços e a cara. Nem sentem. A carne está feito um bofe, adormecida pela surra.

Quando chegam, encontram tudo queimado.

Filhos de uma putíssima!

Diz Enero.

O bote! Puta merda! O bote novo...

Diz o Negro.

Tilo olha tudo com a vista marejada e não diz nada.

Vamos conseguir um bote pra vocês cruzarem.

Diz Lucy.

Venham.

Diz.

Caminham em fila indiana pela margem. Lucy à frente, depois Mariela, que abraça Tilo, atrás o Negro e Enero. Não fosse a dor que sentem até quando o ar entra pelo nariz, diriam que a noite está linda. Um vento suave bole com os aguapés e a palha-brava à beira-rio. Os peixes saltam, buscando comida na superfície.

Uma noite assim, parecida, porém mais escura. Numa das vezes que vinham encher a cara, com a desculpa de sair para pescar. Eusebio andava louco, porque Diana tinha contratado um advogado. Fazia uns meses que não lhe dava o dinheiro da pensão.

Mas vou dar o quê, se mal consigo um bico, de vez em quando!

Disse.

E a vaca é dona de um hotel!

O Negro e Enero ofereceram-se para emprestar algum, nem que fosse para ficar em dia. Mas Eusebio não queria saber de nada. A pescaria tinha sido ideia dos dois, para ele desanuviar um pouco. Mas quando chegaram, já de tardezinha, e começaram a beber, Eusebio ficou louco de novo. Parecia que tinha mais coisa para contar sobre Diana Maciel.

E ainda por cima a puta resolve dar pra um amigo meu.

Disse.

Enero sentiu gelar o sangue. Fazia muito tempo que não tinha nada com Diana, mas mesmo assim. Só faltava ela ter contado, para machucar o sujeito.

Mas que história é essa, Eusebio, mas como...

Começou a dizer. Eusebio não o deixou terminar e olhou para o Negro.

E você, não diz nada?

O Negro riu e abriu os braços.

Eu?

Disse.

Dizer o quê, não ouvi nada.

Não ouviu nada. Mas você sabe quem anda montando nela. Pode dizer. Pode dizer na minha cara, vamos ver se é macho!

Disse Eusebio.

Não enche, Eusebio.

Disse o Negro e esvaziou o copo.

Deixa disso, homem, a gente veio aqui pra ficar na boa. Não pra ficar fofocando feito mulher.

Enero não entendia mais nada, mas na dúvida, caso Eusebio estivesse falando dele, disse:

Tem razão. Vamos abrir outro garrafão, Negrito!

O Negro foi até a beira d'água, atrás do garrafão. Eusebio levantou-se e gritou na direção dele.

Conta logo pro infeliz aqui quem você anda comendo.

O Negro parou no seco e se virou devagar.

Deixa disso, Eusebio, que você já me torrou o saco com essa babaquice.

Foi só ele terminar, que o outro já partiu para cima.

Trocaram umas porradas, mas Enero separou rápido. Eusebio deu-lhe um empurrão também, de sobra. Depois sumiu.

Estava anoitecendo. Juntaram uns galhos e acenderam um fogo. Tinham um pouco de carne fresca para fazer na brasa. Enero queria saber se era verdade que o Negro andava com Diana, mas tinha medo de terminar confessando. Aguentou-se um pouco e no fim acabou perguntando.

É verdade?

Disse.

O Negro olhou para ele.

Você também, seu porra.

Disse.

Eusebio voltou quando já era noite cerrada. Tinha continuado a beber por aí e estava ainda mais mamado que ao sair. Disse que ia jogar o espinhel, que para isso tinham vindo, para pescar.

Deixa, amanhã a gente vai.

Disse Enero.

A carne está quase pronta. Come alguma coisa aí e vamos dormir. Amanhã de manhã a gente vai.

Disse.

Eusebio olhou para os dois, pegou os petrechos e subiu para o bote do mesmo jeito.

Deixa.

Disse o Negro.

Já ele volta.

Lucy e Mariela ajudam-nos a subir no bote. Tilo parece um cachorrinho abandonado. Enero está moído. O Negro, mais ou menos inteiro, empurra o bote, ajudado pelas garotas, e depois se iça e pega os remos.

Vão logo!

Diz Mariela.

Vão logo, vocês que podem!

Diz.

Ficam na margem, agitando os braços até se confundirem com a noite, até que eles não possam mais vê-las. Do bote, a ilha toda é uma forma negra, encrespada pela copa das árvores.

Enero passa um braço sobre os ombros de Tilo e o puxa para perto de seu corpo dolorido.

Está tudo bem, filho. Está tudo bem.

Diz.

Quando Lucy e Mariela chegam em casa, encontram a mãe acordada, esperando-as na cozinha. Está fumando. O cinzeiro cheio de bitucas. Dão-lhe um beijo e ela sorri.

Durmam bem, minhas filhas.

Diz.

Deitam-se nas camas. Estão muito cansadas. Como as princesas do conto que a mãe sempre lia para elas quando eram pequeninas: dançavam a noite toda, até destruir os sapatos, e de manhã caíam no sono, rendidas. Nem conversam, como outras vezes.

Mariela dorme na hora. Lucy começa a resvalar rumo ao sono. A última coisa que vê antes que os olhos se fechem completamente é o clarão do fogo no pátio.

No es un río © Selva Almada, 2020 c/o Agencia Literaria
CBQ, SL — info@agencialiterariacbq.com

Todos os direitos desta edição reservados à Todavia.

Grafia atualizada segundo o Acordo Ortográfico da Língua
Portuguesa de 1990, que entrou em vigor no Brasil em 2009.

capa
Julia Masagão
imagem de capa
Paloma Mecozzi, Fotografia de Nino Andrés
preparação
Silvia Massimini Felix
revisão
Jane Pessoa
Ana Maria Barbosa

Dados Internacionais de Catalogação na Publicação (CIP)

Almada, Selva (1973-)
Não é um rio / Selva Almada ; tradução Samuel Titan Jr.
— 1. ed. — São Paulo : Todavia, 2021.

Título original: No es un río.
ISBN 978-65-5692-176-1

1. Literatura argentina. 2. Novela. I. Titan Jr., Samuel.
II. Título.

CDD A860.3

Índice para catálogo sistemático:
1. Literatura argentina : Ficção A860.3

Renata Baralle — Bibliotecária — CRB 8/10366

todavia
Rua Luís Anhaia, 44
05433.020 São Paulo SP
T. 55 11. 3094 0500
www.todavialivros.com.br

fonte
Register*
papel
Munken print cream
80 g/m²
impressão
Geográfica